U0452534

霓裳逐梦

NICHANG ZHU MENG

潘 鸣 杨 韬 / 编著

云南人民出版社

图书在版编目（CIP）数据

霓裳逐梦 / 潘鸣, 杨韬著. -- 昆明 : 云南人民出版社, 2023.12
　　ISBN 978-7-222-22558-9

Ⅰ.①霓… Ⅱ.①潘…②杨… Ⅲ.①报告文学—中国—当代 Ⅳ.① I25

中国国家版本馆 CIP 数据核字 (2024) 第 008160 号

责任编辑：梁明青
装帧设计：德阳思拓文化
责任校对：任建红
责任印制：窦雪松

霓裳逐梦
NICHANG ZHU MENG

潘鸣　杨韬　著

出　版	云南出版集团　云南人民出版社
发　行	云南人民出版社
社　址	昆明市环城西路 609 号
邮　编	650034
网　址	www.ynpph.com.cn
E-mail	ynrms@sina.com
开　本	260mm×185mm 1/16
印　张	14
字　数	220 千
版　次	2023 年 12 月第 1 版第 1 次印刷
印　刷	成都市天金浩印务有限公司
书　号	ISBN 978-7-222-22558-9
定　价	68.00 元

云南人民出版社微信公众号

如需购买图书、反馈意见，请与我社联系
总编室 0871-64109126　　发行部：0871-64108507　　审校部：0871-64164626　　印制部：0871-64191534

版权所有　侵权必究　印装差错　负责调换

序一

四十年，琪达织成一幅锦绣，谱写了一段霓裳逐梦的传奇。

四十年前，深处四川腹地的中江县，一个一心改变贫苦命运的山村青年被大时代变革的浪潮启蒙。从此，凯江之畔诞生了一家小小的制衣厂，寄托了他对美好生活的向往，也种下了一颗矢志远方的梦想。一批志同道合者，由此白手起家，艰难开拓，经四十载栉风沐雨，革新进取；四十载砥砺探索，奋发图强。在一针一线的古老行业里，绘就出一幅壮丽的锦绣画卷，书写了一段中国民营企业发展的时代故事。

回首来路，琪达的四十年历史，是一部自力更生、艰苦奋斗的创业史。从最早走南闯北的"乡串串"，到七台缝纫机的小作坊，白手起家的创业者靠着勤劳拼搏为琪达夯筑了第一块基石。从"走出四川"到蜚声全国，琪达人靠着吃苦耐劳的顽强精神，求学四方，不断进步，成就了企业的第一次飞跃。而在琪达至为艰难的时期，"二次创业"的精神再次鼓舞和引领着琪达人走出困境，实现风雨中的跨越……艰苦奋斗、玉汝于成的创业精神，伴随琪达四十年的发展，写进了琪达的发展基因！

琪达的四十年历史，是一部与时俱进、自我革命的改革史。放眼寰宇，唯有顺应时代发展大潮，不断革新者方能成为时代的弄潮儿，在风雨中不断成长。从以机器取代传统的手工制作，到流水化生产线的全面建立；从突破旧我进军更广阔的成衣领域，到拥抱智能化、数字化生产的勇敢开拓……在每个企业发展的关键时刻，琪达总能以一次次自我革命，实现一次次的自我超越。而每一次重大变革都是琪达对时代发展的深刻理解和积极回应，正是这种与时同进、敢于突破自我的改革精神，将琪达带向更加广阔的远方！

琪达走过的四十年历史，是一部敢为人先的创新史。从"敢于吃螃蟹"成立中江县第一个私营企业，到引进上海技术创立中江的"上海品牌"；从首创风靡一时的保暖衬衣，到引领全国风潮的"专卖店"；从以智能化、大数据实现第三次跨越，到面向高端绅装创造"裁山"品牌的新时期创新开拓……四十年来，历久弥新的琪达创新精神，让琪达一次次焕发蓬勃活力，在市场竞争中赢得先机！

琪达走过的四十年历史，是一部企业文化的锻造史。风雨砥砺，奋发图强的发展历程锻造了琪达先进的企业文化，并成为琪达四十年航程的"压舱石"。无论是在企业发展的艰难时刻，还是在风雷激荡的狂飙年代，琪达都能看清航向，守业创新，不惧一时之艰，不畏浮云遮眼；无论是在地震灾害的危难面前，还是在祖国兴举的时代伟业中，琪达都能挺身而出，勇担社会责任，展现出一个民营企业非凡的勇气与担当！而未来，先进的企业文化必将作为琪达强大的软实力，护航企业舟楫四海，行稳致远……

抚今追昔，继往开来。在大时代演进的风雨洗礼中，四十年来，从艰苦创业到曲折探索，从矢志图强到高效发展，琪达走出了一条艰苦奋发的创业之路、与时俱进的改革之路、矢志不辍的创新之路、爱心奉献的善美之路。琪达的四十年，与中国改革开放四十年同脉共振。琪达人为矢志改变命运不懈奋斗、逐浪时代，和无数优秀的企业一起，共绘了一幅中国民营企业波澜壮阔、百舸争流的发展宏图，折射出中国改革开放的伟大成就！

放眼当下，眺望未来。党的二十大的胜利召开擘画了新时代发展的壮丽前景，在这片广袤的大地上，"十四五"的发展蓝图已经铺就，第二个百年奋斗目标的号角已经吹响。

2022年，时值德阳全市人民积极学习党的二十大精神之际，德阳市文联组织开展了"文艺进企业"采风活动。潘鸣、詹仕华、蓝幽、冯再光、刁平、杨韬、刘润、刘春梅、涂国模、彭忠富、杨俊富、周兴华、李淮、方兰等十余位德阳本土优秀作家走进琪达，听琪达的发展故事，看琪达的发展成就，深入一线采访、详细阅读历史资料，以饱满的热情、严谨的态度共同书写创作，作品全面回顾了琪达四十年曲折而豪迈的发展历程，梳理琪达的发展脉络，呈现琪达发展历程关键事件，展现琪达人艰苦奋斗、昂扬拼搏、创新进取的时代风貌。字里行间所书写的琪达发展故事，将激励不同行业里不辍前行的人们，它所展现的精神必将成为琪达宝贵的财富，经久流传！

追风赶月莫停留，平芜尽头是春山。

四十载锦绣画卷终将定格成历史，新的征程跃然眼前，催人奋进。未来充满无限机遇，也必将还有关山万重。历经四十年锤炼和洗礼的琪达，必将继往开来，乘着新时代的东风，在新的征程上继续书写更加壮丽的发展篇章！

序二

春风年年，将蜀地吹成绿海。花潮，麦浪，稻香，蓬蓬勃勃掩过原野，吹出一个个惊喜和骄傲。而琪达，就是伴随春风传扬的一个骄傲名字！

在改革开放的春风中，历经四十年风雨兼程的琪达，由小到大，由弱到强，创造出民营企业的锦绣和辉煌！

祖国大地国民经济快速发展，民营企业如雨后春笋般蓬勃生长。诞生于四川成德绵经济产业带的琪达，从几架缝纫机开始，经历小作坊创业，手剪脚踏，经历沿海学艺，更新设备，冲破重重难关，团结拼搏，开创出自己的品牌，数十年发展，琪达衬衫被普通百姓喜爱，亦扬名人民大会堂，挺起了四川服装企业的脊梁。在不辍的逐梦开拓中，琪达瞄准世界服装行业前沿，接受先进企业理念，世界一流的服装技术，一路斩关夺隘，迈入中国服装行业双百强，成为西南西北最大的衬衫基地！

川西德阳，古蜀王国的神秘土地，也是中国五大服装产业带之一。这里云集了上千家服装制造企业。琪达，在这里诞生、成长，成为中国西南西北民营服装企业的标杆。

伟大时代，润育出多少奇迹和时代的骄傲！

彭家琪，这片丰厚大地哺育的企业家，从青年时期矢志改变命运，到成为一个时代逐浪追梦的弄潮儿，从中江走向全川，走向全国，走向一个个荣光！

中江，是德阳市一个农业大县，这里丘陵起伏，翠竹葱茏，麦浪翻涌，菜花如云。县城被凯江环绕，南北二塔托起悠悠白云。这里是"三苏"——北宋状元苏易简、诗人和古文革新家苏舜钦、才子苏舜元的故里，是特级英雄黄继光的家乡。

这里的人们，吃苦耐劳，顽强勇毅。在那特殊的年代，他们千方百计摆脱困境。一面在黄土地上辛勤地翻耕，一面风里雨里四处奔走。做木匠石匠，以添家用；或贩卖日用小商品，寻求温饱之路。彭家琪，一个十几岁的少年，为分担家庭生活的重担，翻山越岭、起早贪黑挖野菜，四处摆摊卖针头线脑。从弄师学艺，到开办缝纫作坊，从创立十人的飞燕服装厂，到发展成为数百人、上千人的琪达服装企业。一个朴素的小梦想，在时代的砥砺中成长为一个时代的传奇。

自 1984 年创建以来，彭家琪秉承中国传统服装文化精髓，汲取西方现代服装理念，致力打造中国一流的服装定制品牌。彭家琪刻苦学艺，入院校进修，团结培养技术人才，借脑借先进科学技术发展，与德国杜克普公司、日本兄弟公司、意大利吉尼亚公司、维达莱公司建立设计和技术合作交流，努力让琪达的设计理念、工艺水平和技术装备贴近世界前沿。同时，琪达投巨资引进国际高端缝制、智能管理悬挂输送系统等世界先进设备，将现有的生产技术手段从现代化向智能化迈进，建成了大小订单配套、组合调整灵活的团体服装定制生产线。精益求精，创新发展，琪达牌服装荣获"中国著名品牌"，琪达商标被认定为中国驰名商标。琪达多次承担党和国家领导人外交礼服制作任务，同时为北京人民大会堂、中国各大航空公司、金融、税务、电力、烟草、通讯、铁路、石油、化工、政法、二重、东汽等系统的千余家单位制作团体职业服装，一举奠定团体服装定制专家地位。胡锦涛、李铁映、陈慕华、刘奇葆等党和国家领导人先后来琪达视察或接见彭家琪，世界服装设计大师皮尔·卡丹也曾由衷赞赏夸奖彭家琪。

21 世纪初，随着改革开放向纵深发展，新风浩浩，千帆竞发，也带来了市场供需的极大变化和激烈的竞争。

服装业，面对国外各类服装名牌产品蜂拥而至的巨大冲击，不少有实力的服装厂家败下阵来。彭家祺和琪达高层面对竞争生存的冲击，决定突围：提高企业技术研发的核心竞争力，积极对标意大利杰尼亚等世界先进服装企业，让琪达产品向高品质、高品位发展。

彭家琪在琪达管理层说："世界没有夕阳产业，只有跟不上时代的夕阳企业。"

他们立志迎难而上，让企业的航船闯过急流险滩，开创琪达新的前景。琪达以时不我待的紧迫感，起用开创性人才，调整加强科研团队，吸收中外研究成果，聚力攻关克难，首创受人喜爱的保暖衬衫，和全国独创的"服装定制满意系统"。

沉舟侧畔千帆过，病树前头万木春。琪达破茧而生，以新的创造，新的生机与活力，努力跻身全国服装先进行列。

以世界眼光，向服装行业顶级企业看齐。接受企业先进理念，走出去请进来，加强职工培训，建立大师工作室，注重科技人才的智慧和力量，是琪达和领头人彭家琪成功的关键所在。琪达和彭家琪的身边，聚集了一批包括高级经济师、高级工程师及管理学博士在内的高级管理人才。

从小饱受生活艰辛的彭家琪说："我这一生只做好一件事，那就是办好琪达，要让员工们老有所养、病有所医、住有所房。"琪达搬迁新址，在研究搬迁后对员工宿舍的设施和员工食堂的管理时，彭家琪多次对身边的人强调，在做好生产线设备和技术装备换代升级的同时，不能忽略职工的生活，要尽力让琪达的员工有家的感觉。彭家琪说，生产的五大要素首先是人，让人民幸福让员工幸福是琪达的最大价值追求。

一个企业，一个团队有如此境界和胸怀担当，怎会不坚如磐石，充满战无不胜的力量。

致力企业发展，也积极社会公益，这是琪达的不忘初心，琪达注重接收困难乡亲进企业，安排残疾人学艺上岗，而芦山大地震后在震区投资建厂，以产业援建灾区，更是成效卓著，惠及深远。一个民营企业家能有如此的襟怀，怎不令人感佩？因为有这样的襟怀抱负，琪达企业因此能向难而生，琪达人因此能齐心协力与企业共发展,同生存。

四十年,尤似人的壮年。成熟,睿智,来路长长,正是再创辉煌的好时光。

琪达,四十年继往开来,劈波斩浪,将驶向更为广阔的海洋!

目 录

第一章 梦起凯江

大地春潮 …………………………………………………… 3
伍城拜师 …………………………………………………… 12
"飞燕"展翅 ………………………………………………… 16
沪上闯滩 …………………………………………………… 21
中江的"上海牌" …………………………………………… 34
走出四川 …………………………………………………… 41

第二章 风雨跨越

春江水暖 …………………………………………………… 53
浴火新生 …………………………………………………… 61
驶向蔚蓝 …………………………………………………… 74

第三章 击水中流

三次跨越 …………………………………………………… 87
新科技之魅 ………………………………………………… 93
经营之道 …………………………………………………… 98

时代荣光 ·· 112

星辰大海 ·· 118

第四章 匠心琪达

质量 DNA ·· 133

匠心传奇 ·· 140

第五章 大爱无疆

危难时刻 ·· 163

情系芦山 ·· 169

第六章 初心与使命

信仰的力量 ··· 185

文化的传承 ··· 191

温暖的守候 ··· 197

继往开来 ·· 209

第一章 梦起凯江

凯江水畔，英雄故里，改革开放的春风吹拂着古老的中江大地，也启迪着一个个改变生活命运的朴素梦想。

从"乡串串"到拜师学艺，从七台缝纫机的作坊到"飞燕"服装厂，从闯滩上海到走出四川，努力改变贫穷命运的青年彭家琪，用勤奋和智慧一步一步夯出了一条创业之路，而时代的潮涌，也把他推向了更高的人生舞台……一个贫寒之家的少年改变生活的梦想，逐渐点燃了一个民营企业发展的宏大梦想，而创业者创业初期的奋发、坚韧与开拓精神也必将写进一个企业的发展基因。

一代企业家被时代的跫音启蒙，一个企业的百年梦想将从这里出发……

大地春潮

1978 年，是中华人民共和国诞生以来意义非凡的一年。

这一年，历寒弥久的祖国大地，伴随着惊蛰大音，卷涌起催生中华民族伟大复兴希望的滚滚春潮。

这一年的 12 月，中国共产党十一届三中全会在北京隆重召开。中国改革开放的总设计师邓小平作了《解放思想，实事求是，团结一致向前看》的大会主题报告。伟人的讲话一如既往地朴实通俗而深刻隽永。洪亮的四川方音掷地有声、振聋发聩，令中国乃至整个世界侧耳聆听——

"首先是解放思想。只有思想解放了，我们才能正确地以马列主义、毛泽东思想为指导，解决过去遗留的问题，解决新出现的一系列问题……一个党，一个国家，一个民族，如果一切从本本出发，思想僵化，迷信盛行，那它就不能前进，它的生机就停止了，就要亡党亡国……各方面的新情况都要研究，各方面的新问题都要解决，尤其要注意研究和解决管理方法、管理制度、经济政策这三方面的问题。……我认为要允许一部分地区、一部分企业、一部分工人农民，由于辛勤努力成绩大而收入先多一些，生活先好起来。一部分人生活先好起来，就必然产生极大的示范力量，影响左邻右舍，带动其他地区、其他单位的人们学习。这样，就会使整个国民经济不断地波浪式地向前发展，使全国各族人民都能较快地富裕起来。"

中共中央作出重大战略部署：将全党的工作重点和全国人民的注意力转移到社会主义现代化建设上来，以经济建设为中心，全力推进改革开放！

久旱逢甘霖！一场福泽全国 10 亿人民的春雨淅沥而至。中华民族从此开始挣脱各种困扰和羁绊，踏着坚实的步伐，一步一步甩掉贫困，共奔小康，意气风发迈向社会主义现代化和中华民族伟大复兴的宏伟目标。

泱泱春潮卷到四川省中江县 2200 平方公里的山山水水，为那些被困厄生活挤压太久的人们注入蓬勃昂扬的奋斗激情。彭家琪，就是这个群体中的一员。在改革开放大背景的舞台上，他勇敢率先闪亮登场，引吭高歌，激情舞蹈，领衔上演了一出励精图治的创业大戏，书写下一部令人敬佩的人生传奇。

◎ 开花的石头

光阴静好，秋意正酣。

在琪达集团公司董事长彭家琪布设典雅的办公室里，一边品着松溪白茶，一边听他款款讲述。讲自己的过去故事，聊琪达的前世今生。这位现年 58 岁、有着运动员体格和麦色肌肤的敦实汉子，创办引领民营服装企业的琪达集团，四十年风雨兼程，在改革大潮中驾舟弄楫，勇立潮头；在市场经济的千锤百炼中脱胎换骨，涅槃新生；在行业激烈竞争中骁勇善战，一往无前。如今的琪达车间流水线上，运转着世界最先进的制衣设备，应用着全球最现代的高科技智能技术。琪达定制服装，赢得北京人民大会堂，以及全国多家航空公司和一大批重点行业企业的长期青睐与信任。琪达集团，茁壮成长为行业一流的专业化、高度智能化团体职业服装定制企业，也是西南、西北十省区能够代表中国服装生产水平的现代化制衣企业。

2018 年 11 月 20 日，四川省民营经济健康发展大会隆重召开，1500 位民营企业家、500 多名党政领导干部和各方面代表人士汇聚成都主会场，3 万多人在各地分会场参会，共商民营经济发展大计。会上，时任四川省委书记的彭清华出席会议并讲话，在谈到企业的产品升级时，彭清华用了近三分钟的时间特别介绍了琪达服装企业的成长经历，高度赞扬了琪达不断创新、锐意进取、勇当行业先行兵的奋斗精神，号召全省民营企业向琪达学习。

会上，彭家琪受到省委、省政府隆重表彰。省领导亲自为他佩光荣花、授嘉奖牌。潮水般的掌声，表达的是全场由衷的敬佩与礼赞。

一个民营服装企业，由小到大，由弱至强，傲然崛立于强手如林的服装设计和营销领域。如今，又迎来四十华诞的荣耀时光。彭家琪和他的团队，创造了服装行业的卓越奇迹。

透过书橱的透明玻璃，能看到彭家琪珍藏的企业和他个人的部分荣誉牌匾，从题头和落款看得出，每一块都蕴含沉甸甸的分量。还有一帧帧相框，画面定格的是彭家琪的人生高光时刻。照片上，有彭家琪在一些重要会议上交流经验的画面，有当年亲临视察公司的党和国家领导人与他亲切交谈的温馨场景。

窗外楼下，一树树金桂银桂花蕊正繁盛，阵阵郁香随风入室，缭绕鼻息，令人心旷神怡。

时光回溯半个世纪。

那时，彭家琪还是中江县北山乡一个农家孩子。在那片百来户人家的丘陵村落里，家琪的家境尤为贫困。哥哥姐姐分别参军、出嫁了，家琪九岁那年，父亲又因病撒手人寰。偏僻山坳里，一座矮墙院，几间茅草房，他和母亲相依为命。

彭家琪虽小，却懂事早。家道窘迫，日子苦寒，红苕玉米充饥，常年一身补疤衣裤，他从没嫌过怨过。他心疼的是自己的母亲，身子那么瘦弱，为了养家，却要起早贪黑忙碌。忙烧火煮饭，喂肥猪养鸡鸭，还要忙着去集体大田参加农业生产挣工分保口粮。看着母亲过早憔悴的面容，家琪人生第一次体会到"揪心"。

一个偶然的机会，家琪在凯江边拾到一枚鹅卵石，青色的光滑石面上绽开着朵朵白色花瓣，异彩夺目。家琪把奇石揣到学校去请教老师，老师告诉他，这是中江特有的菊花奇石。亿万年前，中江还躺在一片汪洋大海中。在昏沉黑暗的海底，一些特质泥沙经过地质运动的挤压磨砺，逐渐凝结成蕴含晶体的光滑小岩块——这就是菊花石。

一块开花的石头，被小学三年级学生彭家琪紧紧捏在手心。老师的一番话让他很受触动，心中暗自发誓：要学菊花石那样不怕生活磨砺，挺起精神，活出精彩。哪怕力量再小也要积蓄起来，努力为家里做贡献，为母亲分忧，让贫穷的家园像菊花石一样开出幸福的花朵！

从此，家琪成了"小大人"，放学回家，抢着劈柴烧火铡猪草；周末假日，还顶替母亲参加集体劳动挣工分。因个子矮小身体柔弱，不能承担挑粪下田、赶牛犁地的重活，就力所能及地帮集体薅苗除草、背柴火、拾畜粪、当放牛娃。大人一天挣十个工分，他挣两三分，细水长流，积少成多。

十个工分才折合两三毛钱，人民公社大田劳动价值毕竟太低，家里的日子过得捉襟见肘。彭家琪开动脑筋，努力另辟蹊径。稍大两岁，一身筋骨增添了一点力气，他开始走出院子，跨越庄稼地，漫山遍野苦苦寻觅，采摘野山珍赶集市换钱。听说邻乡富兴人迹罕至的深丘幽壑里春夏时节有当归、折耳根、野生菌源源产出，家琪周末凌晨起床，怀揣粗麦面馍，顶着星星月亮在崎岖山道独行二十里地，赶大清早抢在别人前面爬坡上坎去采摘。采满筐篮，稍稍歇一口气，又匆匆步行赶往县城集市，趁着山货成色鲜美叫卖一个好价钱。

初中毕业，15岁的家琪辍学回家，成为职业小庄稼汉和山珍采摘行家里手。为了讨生活，每天早出晚归、披星戴月，劳作不休。正值青春期的少年，是瞌睡最香的年龄；而那段时光，彭家琪却从来没有享受过一个贪眠懒睡的舒适长夜和安逸清晨。他的生物钟已自动调节成灵敏模式，每天雄鸡一打鸣，睡梦再香再甜再深沉，也会戛然而止，一个鲤鱼打挺翻身下床。他的青春肤色被田野烈日和山林风霜漂得粗糙褐黑，显出与实际年龄很不相符的少年老成。

来之不易挣到的每笔钱，家琪一分也舍不得花，全部交给母亲。一天夜晚，母亲坐在灯下，把一个漆色斑驳的小木匣打开，抖出一堆零散钱币，有元钞、角钞、分币。这是儿子千辛万苦挣回来的微薄积蓄。母亲双手抖索着，一遍又一遍清点，眼里噙着幸福的泪花。家琪看着这样的场景，内心终于有了一丝欣慰，更增添了继续努力担当的动力。

和母亲心往一处想，劲往一处使，持之以恒，一点一点努力打拼，光景在一寸一寸好转。少年彭家琪看到了苦尽甘来的希望。

一枚菊花石，开花的日子不远了。

◎ 英雄情结

"雄赳赳，气昂昂，跨过鸭绿江……"

20世纪50年代初，社会主义新中国刚刚成立。为了保卫和平、保卫祖国，二百四十万热血青年组成气势如虹的中国人民志愿军，挺进朝鲜半岛，投入一场震撼世界的抗美援朝战争。历时三年艰苦卓绝的数次战役中，发生了千千万万个惊天动地的故事，涌现出千千万万个感人肺腑的英雄。著名的上甘岭战役中，有一位年仅21岁的四川小战士，为了战斗胜利，奋不顾身勇堵敌人的机枪，壮烈牺牲。他的事迹感动了亿万国人，他就是特级英雄黄继光。

很荣幸，彭家琪与黄继光是同乡。

从小，家琪就对这位热血男儿充满敬仰。上小学高年级时，学校组织瞻仰黄继光纪念馆。听完讲解员的故事讲述，家琪久久肃立在英雄的雕像前，心中如同有滚烫的岩浆在沸腾奔涌。面对敌人疯狂扫射的机枪，比自己仅仅大几岁的黄继光一跃而起，勇堵枪口，以血肉之躯为战友们冲锋陷阵开辟道路，为夺取上甘岭战役的胜利不惜牺牲自己的年轻生命。弥漫的战场硝烟中，电光石火的千钧一发之际，英雄的画面反复呈现在家琪的脑海中,铭刻下深深的记忆。

一份英雄情结,潜移默化为少年家琪性格中的果敢与坚韧。

面对生活的种种艰辛,他总能以超乎想象的毅力和胆略去面对、去迎战、去攻克。中学毕业返乡,为了多挣工分,身体正在发育、个头还没长高的他,把粪桶梁绳收短,硬撑着与大人一样挑粪下田;满桶实在挑不动,就挑半桶、大半桶。采摘山珍的日子,他一天甩着脚板跋山涉水几十里是常事。天长日久,脚掌磨出厚厚的茧疤。饿了啃干饼,渴了喝山泉。夜行山道,曾经遭遇路边院子的看家狗追咬,小腿被犬牙撕开裂口,鲜血像蚯蚓一样顺着腿脚长淌;曾经战战兢兢蹚涉雨后的漫水堰堤,一打滑失足摇摇欲坠,情急之下死死揪住水边灌木,才侥幸逃过跌落激流的灭顶之灾;曾经孤身猫在岩窝子里避风躲雨,与蝙蝠山猫和蛇虫为伴,煎熬中等待东方破晓……

事隔几十载,如今追忆起少儿时代这些坎坷经历,彭家琪神情淡定自若,没有一点"诉苦"的哀怨情绪。

他说,那个年代,吃苦耐劳是很多农家孩子的家常便饭。

他说,比起同样是穷孩子出身的黄继光,我们受点生活煎熬算啥呢?战斗英雄为了冲向胜利目标,连奉献生命都在所不惜,我们岂能被苦难的坡坡坎坎踔倒在人生旅途!

他说:"当年的生活磨砺也是一种财富。我至今还保持着健壮体魄,腿肌特别发达,跟小时候天天行走山水的历练有关,那是大自然赐予我的免费健身培训。"

他说:"黄继光是我一辈子的偶像,在我事业拼搏的每一个严峻考验关口,一想到他面对机枪的镜头,我就浑身充满必胜的勇气和力量,敢于面对各种艰难险阻,敢于迎接各种严峻挑战。"

黄继光英雄精神,成为彭家琪此生锐意进取、开拓创新、打拼事业和改变命运的精神底色。

第一章 梦起凯江

◎ 春风化雨

党的十一届三中全会召开的日子，彭家琪刚刚跨入青春期的门槛。偶尔听广播，看报纸，他敏锐地意识到，国家形势要变了，老百姓追求幸福的机会来到了。

"穷得太久，就是想快快挣钱，让家里日子过好一点，让母亲早日享受生活的甜蜜。"彭家琪坦言："作为小小老百姓，当初理解和期盼改革开放的心境就是这样简单、质朴。"

其时，民间的市场经济如春笋拱土萌动。城乡商品流通交易渐渐活跃，除了日益热闹的乡镇赶集，一些大棚"商交会"也开始出现在城镇街头。具有商业天赋的彭家琪应势而为。他甩开手脚出门闯荡社会，试水商海，路子由窄渐宽，胆子由小变大，脑袋越来越灵光。他信心满满，要努力争当"先富起来"的那类人。

出门在外，他迈开"飞毛腿"游走四方，挤货运火车，求人搭顺风车，闯荡的范围从中江拓展到成都、绵阳、广元、西安，甚至远达西藏拉萨。所到之处，他耳听六路、眼观八方，哪里出什么特产，有什么俏货，哪里缺什么商品，少什么物资，他一一了然于胸。尼龙绳刚刚上市，他立即从成都荷花池批发市场按斤两买几口袋，盘到广元论尺寸量着卖。偶然得知西藏拉萨朝圣的信众排着长队买哈达，他火速从成都人民商场批发几箱，千里迢迢转运到布达拉宫广场零售。他把本土丘陵的珍稀山货捯饬光鲜，拿到城市里走街串巷，引来市民稀罕的目光，一路旺销；再用所赚利润把城里时尚的布艺沙发买下几架，回乡来又成了抢手货。他在昭化街边摆地摊，一张条纹塑料布作柜台，唇膏、香脂、发夹、橡皮筋、小圆镜、桃木梳、针头麻线小剪刀……一应小百货琳琅满目，引来姑娘大婶们在摊前如蜜蜂蝴蝶一样嘤嘤嗡嗡，流连忘返。其中一位清秀少女，由迷恋小百货摊进而迷恋摆摊小帅哥，天凉的日子，常常来摊子旁边陪同，与家琪有说不完的甜言蜜语，帮他招呼客人，给他捧送热气腾腾的粥汤，还体恤地把他冻得冰凉的手揞在自己手心摩挲，揞得家琪心中一阵阵温软……只可惜家琪那时本是行踪不定的游商，自己都是一片没有根的浮萍，又怎能系稳一颗追逐爱恋的小船？一段浪漫纯情，最后无果而终。

那时，一个流动经商的乡下人社会地位还是低微的，人称"乡串串"，言辞里含着几分鄙夷。家琪肩挑背驮鼓鼓囊囊的编织货袋疲于奔波，乘车赶路常招人嫌弃，被推来攘去。一日三餐饱一顿饿一顿，经营摊位寄人屋檐之下屡招白眼，夜宿廉价的鸡毛小店，甚至露宿天桥涵洞……

有时候，更大的屈辱还会无端劈面而来。一天，彭家琪正在某座城市街头摆摊售卖尼龙绳，遇上一队臂佩红袖套的市场管理人员前来检查。先让家琪说明进货渠道和批发价，出示批发票据，再询问现场零售价格。彭家琪一一如实呈告。"红袖套"们屈指一算，顿时露出一脸威严："你这货从别处按斤低价盘进，到这里按尺寸高价推销，一来一去，净利润翻了几个滚。这是严重的投机倒把行为，本质上属于资本主义！"彭家琪据理辩解："现在国家改革开放了，政策允许商品转卖流通。再说，我辛辛苦苦转运也耗了不少成本和精力。"

那些人根本不听，七手八脚扯着塑料布四角，呼啦一下没收了彭家琪的货摊子。家琪追在后面苦苦求情，人家回头狠狠甩下一句："再胡闹，让派出所来拘了你！"

还有几次，彭家琪的小百货摊也受到莫名刁难，厨用刀具说是涉嫌"凶器"，扑克纸牌被视为"赌具"，自己加工的农产品被当成"假冒伪劣"。没收、罚款、训斥、检讨……

改革开放是一场巨大的社会变革，世俗的旧观念、过时的老规矩盘根错节，有待这场春潮更透彻的涤荡。破旧立新必然带来阵痛，一些积弊的消除不可能一蹴而就。春风化雨，需要一个润物无声的过程。

彭家琪，是主动融入改革大潮的先行者，是大胆试水商海的弄潮儿。他吃了别人难以想象的许多苦头，也率先品尝到了别人暗暗羡慕的改革红利的甜头。几年下来，他通过"乡串串"个体商业营销淘到第一桶金。家中的草坯房换成了青瓦屋，在村里率先购置了电视机。夜晚，挨邻侧近的乡亲提着小板凳来到院子里来看稀奇，小院一片欢声笑语，像放坝坝电影一样热闹。母亲被苦日子愁成的满额皱纹终于舒展开来，彭家琪也抽空专门逛了一趟成都春熙路，为自己"武装"了一套面料阔挺、棱角分明的时装。

"时装"，彭家琪第一次对这个概念有了切身感受。同样是衣服，面料不一样，做工不一样，价格不一样，穿在身上感觉不一样。彭家琪还是那个彭家琪，"时装"一上身，精气神焕然一新。再出门做生意，脊梁挺直，下颌上扬，四面八方的眼光也多了一份尊重。

彭家琪与服装行业的缘分，那一刻，在冥冥之中悄然萌生。

伍城拜师

◎ 拜师被拒

光阴荏苒。一转眼，彭家琪年过十九，按川西俚语，是"吃20岁饭的人了"。

旧时乡村习俗，这个年纪应该是谈婚论嫁的时候。可是，忙于游走四方的彭家琪，除了那昙花一现的恋情，仍是孑然一身。母亲有些着急了："娃娃，你这样挣钱也不是个长久之计，再成天东南西北流浪下去，日后恐怕连婆娘也难讨啊！"

膝下无子嗣的三爸三婶格外疼爱彭家琪。远在甘肃一家供销社工作的三爸恰好到了退休年龄，一封加急电报拍来，让家琪立马前去享受内招指标，顶班当一名正式职工。当时，那是令人眼热的铁饭碗，固定工资按月领，随工龄水涨船高，还可以吃国家商品粮。彭家琪一路辗转投奔三爸而去，谁也没料想，不到两个月，就千里走单骑打道回府。见了母亲和亲戚，一叠哀叹声："这份铁饭碗实在吃不消！天天守着三尺柜台，人像关在笼子里，又不需要花力气，又不需要动脑筋，再熬下去，人都要憋疯！"

彭家琪拾起那副货郎担子，想要重操旧业、再闯江湖。母亲把他膀子拽着，坚决不让。情急之中，母亲突然想起自己有个干妹妹，在县服装厂当工人，家里有台缝纫机。家琪小时常跟着去她家玩，叫她干妈。家琪每次都对干妈堂屋里那台脚一踏就会嗒嗒穿针走线的机器非常好奇，遇上干妈缝衣服，总是呆守一旁看半天。有一回，还忍不住悄悄抓一小块边角布料自己坐上去试身手，结果被尖利的针头一家伙扎破手指，痛得龇牙咧嘴嗷嗷叫。

母亲几乎以央告的口气说："娃娃，我们好好学一门正经手艺，能管一辈子。学个裁缝要得不？现在生活一天天好了，缝衣铺生意旺得很。"

这个主意一下子就把彭家琪打动了。他立马放下货郎担子："妈，听你的，就学这个行当。"

母亲喜不自禁，当即找到干妹妹，请她牵线介绍，去拜中江县服装厂缝纫手艺最好、名气最大的刘师傅为师。

阳春三月的一个日子，在干妈带领下，彭家琪左手一只大公鸡，右手一提篮中江挂面，在县城拐弯抹角地找到刘师傅家。一进门，干妈说明来意，彭家琪捧着见面礼，迫不及待往刘师傅膝前就要跪拜。谁知刘师傅赶紧将家琪拦住，连连摆手："莫消莫消，我刚刚办了退休，劳累了大半辈子，就想在屋头喝清茶，享清福。我门下不收徒弟，你另拜高师吧！"干妈在一旁竭力帮腔，好话说了一箩筐，刘师傅还是不松口，家琪送的见面礼也不伸手接纳。气氛一下子僵住了，进退两难，场面颇为尴尬。

彭家琪毕竟是在外见过世面的人，明白强扭的瓜不甜，就自己找了个台阶："既是刘师傅这么为难，就不勉强了。不过，今天干妈引荐能认识您老人家，这也是缘分，后生认个老辈子总是应该的。今后我进县城来办事，一定抽空来拜望前辈，刘师傅有啥事，只要我搭得上手，尽管吩咐。"说完，把见面礼放在刘师傅的茶几上，拉着干妈告辞离去。

◎ 金石为开

拜师遭拒，当然不好受。但彭家琪并没有因此灰心。正面"强攻"不行，他换了套路：迂回"智取"。此后的日子，彭家琪三天两头进城"办事"，时不时"顺便"

去刘师傅家看看老辈子。随手提一网兜土鸡蛋，或是带两把自家地里带露水的鲜菜，或是兜几枚刚采挖的野当归。一进门，挑井水、扫院坝、搬蜂窝煤、修跛足桌凳、补漏雨瓦缝，逮啥做啥，完全不拿自己当外人。

一个响晴天上午，家琪又"路过"刘师傅家，正碰上刘师傅要出门。说是在家憋久了，想要到处出游走一下，呼吸点新鲜空气。刘师傅体态肥胖，拄着拐杖，步履蹒跚，下个阶沿都有些颤颤巍巍。彭家琪赶紧上前搀扶："老人家，你这样子咋个走得远、看得宽？干脆用我骑这辆加重'永久'牌自行搭您，想去哪里，一阵风就到了。"主意好，话也说得妥帖，刘师傅也就不客气了，一屁股坐上后车架。彭家琪在前面把着龙头，小心翼翼地连推带骑，载着老人去兜风。南塔、北塔、玄武观、凯江河、彤华宫、寿宁寺……那些天，彭家琪尽心尽力兼做司机和导游，陪着刘师傅博览伍城胜景。一路风光，美不胜收，老人胖乎乎的脸庞绽放出孩童般的灿烂笑容。

不久后的一个日子，刘师傅把彭家琪叫到面前，拍着他的肩头："孩子，你师傅这回破个例，你这个徒儿我收了！"

彭家琪听了心中一热，两眼就起了潮水。双膝跪地，按照民间老礼节，重重给师傅叩了三个响头。

◎ 斗室营生

对来之不易的学艺机会，彭家琪十分珍惜。有人来刘师傅家定做衣服，家琪一双眼睛专注地观察每个细节：量体、选款、画样、剪裁、踏板、走针线、锁纽扣，眼看心记，一丝不苟。有机会，就在师傅的点拨下一环一环动手演练。家琪脑瓜儿灵光，加上极其用心，长进很快，不到三个月，就已经基本掌握了手工裁缝的全套工艺流程和操作技巧。师傅忍不住夸赞："你这娃真是个做缝衣匠的好材料，比我当年当学徒上手还快。"

彭家琪在附近租借一间几十平方米的临街斗室，买了一台蝴蝶牌缝纫机，搭一块木板兼做床铺和裁剪台。白天在师傅家学艺，晚上挑灯继续演练。游泳裤、短袖衫、童衣……彭家琪由简入繁，从易到难，每天踩着机子苦练到夜半更深。功夫不负有心人，不久，缝纫出来的东西已经像模像样。试着拿到邻近乡场集市去售卖，居然顺利出手。

彭家琪边学艺边揽活，技艺日渐熟练，陆续就有小巷街邻居，买了布料找上门来请他加工做衣裳。家琪顺势将当街墙壁开出一洞窗，方便顾客之来料交易。凭借这方寸陋室，他的缝纫营生开辟了源头。过了些日子，经算账对比，彭家琪发现缝制成品衣服销售比来料加工利润明显高出一头，便把重点往前者倾移。季令刚刚入夏，彭家琪发现有一种叫作"涤确良"的化纤布料在市场上开始走俏，讲究打扮的男人女人都渴望拥有一件这种布料的白衬衫。彭家琪迅即在外地采购一批"涤确良"，夜以继日赶制一批衬衣投放市场，销势果然火爆。彭家琪还开动脑筋，对一些传统服装在面料和款式上尝试改进创新，产品同样颇受消费者青睐。孤身小作坊，货源吞吐量毕竟有限，常常供不应求。彭家琪又冒出一记新招，他暗访周边街区住户，物色一批在国营服装厂工作或自家有缝纫机的熟手，委托别人代为批量加工，他统一提供布料、设计款式、把控质量，计件付工钱。如此整合资源、集优成势，小作坊一夜"发酵"，成数倍扩大了经营规模，生意风生水起。接着，在刘师傅的鼓励支持下，彭家琪注册了个体工商户，正经八百干起了职业裁缝。到年底算账，短短几个月，净赚了1000多元，这笔财富在当时可不是个小数目。中江县城里，这位年轻帅气的裁缝匠人渐渐有了名气。

喜欢自我挑战、不断超越的彭家琪并没有安于现状。应和着祖国大地春潮涌动的蓬勃节奏，他心中，有更大的理想和抱负在萌动、在发芽、在向上滋长。

"飞燕"展翅

◎ 勇当"第一"

1984年夏天，彭家琪从新闻联播里看到，广东江浙地区涌现出一批民营企业。这些新鲜事物发展势头很强劲，企业一个比一个红火。彭家琪再也按捺不住自己激动的心情，他找到辖区工商管理部门，直截了当请求，要领办一个私营服装生产工厂。不用国家贷款，只求给个名分。接待他的窗口工作人员很为难："私营企业？这恐怕不行，全县一百多万人，还没哪个开这个先例呢。"彭家琪据理力争："这都改革开放好几年了，中央电视台新闻有报道，东南沿海可以办，我们咋不行？没有先例，我就来试着当个第一嘛！"工作人员作不了主，只好去请示上级；上级也拿不准，又请示更高上级。绕了一大圈，终于有了态度和结论："落实邓小平同志和党中央的要求，改革开放可以大胆闯、大胆试，摸着石头过河。你这个先例可以开，但具体尺度分寸，要严格遵守现行文件规定，不得突破。"工作人员边说边拿出一份红头子文件，上面白纸黑字很清楚——个体私营从业者雇佣工人，一律不得超过7人。

"这是刚性规定，是底线，超过7人，性质就变成了剥削！"

彭家琪无言以对。

改革开放的大政方针虽然已定，但系统性的政策法律调整修订有待时日，一些不合时宜的限制管卡仍在束缚人们的手足。封冻太久的坚冰，需要春风春雨持之以恒的化解消融。

那个时候，彭家琪当然无法站在这样的高度洞悉时势，理解国情。

"好，7个就7个！"他重重一拳砸在自己腿上。

是下定决心，也是在发泄内心的不满。

◎ **以燕喻名**

工厂选址在县城北门口桥亭街，租下近百平方米的车间带门市，比原先的小作坊"阔绰"多了。7个员工也聘下来，是从前一阵合作伙伴中择优选录的。各人自带缝纫机，牌子虽然杂了些，但在厂房里一条龙摆开，那阵仗还是颇有些气势。

万事皆备，工商执照却还"卡"在办证机关。这怨不得人家，办厂必须名正言顺，填表时，为服装厂起个怎样的名字才妥帖？初中文化的彭家琪抓耳挠腮好一阵也想不出来，只好告诉人家，回家再仔细琢磨。四处求高人代拟，要么太洋，要么太土，要么不着调，没一个满意。那日，彭家琪站在厂房门口还在为厂名的事发愁，突然耳畔鸣响一阵唧啾之声，抬望眼，屋檐一团燕窝赫然入目。燕子家族正来去穿梭，发出阵阵欢鸣。

彭家琪心中猛一激灵：有了！飞燕，厂名就叫飞燕！

事后，彭家琪为自己那天的灵光乍现很得意：都说我这个名字取得又响亮又得体。与燕子同在一道屋檐下，这是缘分，要铭记珍惜；办工厂，我们也要以燕子为榜样，辛劳创家兴业，奋力张开翅膀，在市场竞争中尽力往高处远处飞翔，飞出一片新天地！

10月18日，彭家琪特意选了这个吉祥日子，迎着明媚的秋阳，燃放一挂响亮的鞭炮，当着人头攒动的街市隆重宣布："中江县飞燕服装厂"正式开张！

为了这个企业的诞生，除了殚精竭虑，彭家琪悉数拿出仅有的3000元积蓄。

他身边，簇拥着共同创业的7名员工，一个个精神抖擞。

几缕阳光透过门窗打照着 7 台擦拭得锃亮的脚踏缝纫机，折射出耀眼的斑斓。有机塑玻板做的崭新招牌，高悬在门楣上方，透溢着几分那个年代的时尚，很醒目。

◎ 飞燕鸣春

7 个员工的小厂也是厂，彭家琪有生以来第一次有了带"长"字的头衔。

他去印务社制了几盒名片，以正楷字体端庄地打印上"中江飞燕服装厂厂长彭家琪"，下面标注业务联系电话和电报挂号。名片纸卡是乳白色铜版纸，焕发着淡淡的芳香。在外交际应酬，择机向人送发名片，不是为了显摆，是一种巧妙的自我广告宣传，为的是塑造良好形象，招徕更多生意。

麻雀虽小，五脏俱全。彭家琪一本正经抓工厂管理。缺乏企业经管知识，他托关系请一些正规工厂的头儿喝茶吃饭，借机讨教取经；买一些专业书籍，逐字逐句地"啃"，慢慢理解消化。厂里实行了员工劳动合同管理，对工人按贡献大小发放浮动薪酬，还建立了财务成本核算制度。市场信息收集和产品开发是服装企业的重中之重，彭家琪对此亲自把关。他开始迷恋电视节目，晚上常常在电视机前痴守到半夜。当然不是闲暇"追剧"，而是在大海捞针，透过各类电视栏目，洞察人们穿衣打扮的新变化、服装潮流的新动态。在那个思想桎梏刚刚打破的年代，人民大众对衣着服饰的追求十分强烈，各种"流行风"飘来拂去，市场上时而追逐硬领衬衫、公主裙，时而流行西装潮，时而走红喇叭裤、瘦腿裤、花体恤……彭家琪凭借多年历练出的敏锐眼光和嗅觉，总能够比其他同行快一步跟上市场节奏，打时间差，抢提前量，让"飞燕"服装以变应变，及时推出新款，吸引消费者眼球，成为抢占市场制高点的热销俏货。

小厂子没有专门的营销员，彭家琪又是亲力亲为。他拿出当"乡串串"练就的看家本领，骑着那辆加重"永久牌"自行车，八方送货，在商交会上亲自练摊，举着话筒不歇气地"现场直播"，一吆喝就是几个小时。

白天黑夜连轴转，彭家琪太忙了，忙得买几节润嗓子的甘蔗都忘记吃，放在抽屉里发了霉。

大事小事都操心，彭家琪太累了，累得有一天剧烈咳嗽之后竟喷出一口鲜血。忙不迭就近求医，诊断书如晴天霹雳——重症型肺结核！大夫语重心长告诫：需长期服药控制，而且不能再劳累，要好好保养，否则，凶多吉少！

那一瞬间，彭家琪觉得天一下子昏暗下来。办厂创业的历程才刚刚起步，难道就这样瘫倒下去？"飞燕"若缺了领头燕，往后怎么继续飞翔？他想到了7个员工一张张满怀憧憬的脸，想到了家中母亲对儿子寄予厚望的殷切眼神，想到了亲戚做媒新近介绍的邻村女孩一低头的那份温柔……太多的牵挂与不舍让彭家琪心有不甘。在家中卧病稍许调理几日，彭家琪再也待不住。他硬撑着回到那间燕儿筑窝的厂房，衣兜里揣着大把药丸，一边遵医嘱按时服用，一边振作精神，继续带头打拼。

不久后，彭家琪寻机去成都一家大医院复诊。老专家一番认真检查，综合各项化验指标分析和肺部X光透视看片，斩钉截铁作出权威定论：肺结核系误诊，彭家琪身体并无大碍。

就像一个囚徒被突然宣布大赦，彭家琪紧握住老专家的手，连声道谢，竟泪眼婆娑。

跨出诊室，彭家琪从衣兜里掏出全部药丸，朝着天空使劲抛洒，嘴里发出憋压已久的一声长吼。

这一声，如龙吟，似虎啸！

彭家琪和他的"飞燕"乘着改革的春风一路高歌猛进。

政策日渐宽松，天时地利人和皆备，到1989年，彭家琪的民营服装厂已"扩军"到200多人，依靠自我资金积累，在县委、县政府的支持下，购置地盘建起一栋千余平方米的 5 层楼宇。高档衬衣和公主衫形成主打产品,大批量生产。产品除了畅销本地,开始打出去,源源销往省内其他地区市场。

这一年,企业年度经营总收入首次突破 1000 万元。

1990 年,水到渠成,"飞燕服装厂"正式更名为"琪达服装厂"。

飞燕展翅,迎来更加广阔的天空。

还有更多的探索与创新,在彭家琪及团队的脑海里谋划、构想,一项一项应用于琪达的经营实战。

改革春潮急,天高任鸟飞。彭家琪率领着他的企业,向着更高更强的目标继续腾跃。

沪上闯滩

◎ 迷蒙与困惑

从7个员工到200余人，从7台缝纫机到200余台，从70平方米逼仄的小作坊乔迁进1000余平方米的5层综合楼，从年收入7万元到1000余万元……

冥冥之中，这些数字似乎都与"7"有关。"7"不就是"琪""奇"的谐音吗？一种隐喻，似乎暗示着什么。或许"7"就是彭家琪命中注定的吉祥数字。

彭家琪率领他的"飞燕"团队在短短几年时间里，苦干、实干、巧干、敢干、能干，创造了一个人间传奇。一时间，城北门桥亭街中江飞燕服装厂工人上下班的人流，成为中江城一道靓丽风景，引起多少人聚焦羡慕的目光。飞燕服装厂犹如一颗闪亮新星，成为中江县家喻户晓的大厂，成为德阳的明星企业、四川省的品牌服装厂。它的主打产品——高档衬衣和公主衫，引领着西南地区的时装潮流，一路畅销省内外。

然而，就在全厂职工每天春风得意地上下班、中江飞燕服装厂意气风发鹏程展翅翱翔之际，一场服装市场的竞争风暴以锐不可当之势，从上海席卷西南，波及深居内地的"飞燕"。来自沿海城市的服装品牌，以更好的质量、更"洋气"的款式，让人们趋之若鹜，迅速抢占了大部分市场，甚至堂而皇之地登上"飞燕"家门口的大小店铺，其中有一家叫"康派司"的衬衫势头尤为强劲。

飞燕面临着建厂之后的第一场市场风暴。

城北门口桥亭街飞燕服装厂的仓库里,彭家琪看着因滞销积压、越来越狭窄的仓库空间,年轻的面庞刚毅平静,内心却翻江倒海。

这是1989年暮春的一个中午,暖阳融融地照在古老的中江县城,照在飞燕服装厂的五层大楼上,而站立仓库门口的彭家琪却感觉到寒意袭身。车间房里,缝纫机"嘀嘀嗒嗒"的踩踏声,曾经是多么地动听悦耳。今天,每一声都似带刺,扎在彭家琪的心窝。他一度引以为豪的主打产品突然遭到市场的阻击,一切来得那么快,让人措手不及,从未有过的压力和难受让他寝食难安。

以前摆地摊,单打独斗,商品被市管会人没收了他都没这样闹心过,大不了重新进货。但是现在,库房积压的不只是服装产品,是200多名职工的饭碗生计。厂是自己亲手建起来的,职工是自己亲自招进来的,一种责任担当,撞击着彭家琪那颗仁厚的心。

飞燕服装厂的前途该何去何从,成为彭家琪面临的最为迫切的问题。

彭家琪特地去了成都人民商场,在飞燕服装专柜,把上海的康派司衬衣与自己厂生产的飞燕衬衣相比较,单从色差上看,飞燕白衬衣色泽暗淡,而上海衬衣白得耀眼。当时他脑海里就猛地跳出"丑小鸭与白天鹅"这样的字眼,这个"丑小鸭"当然是指自己厂的衬衣了。再看衣领,衣领是一件衬衫的脸面。自己厂生产的衬衣,领上总会不多不少起几个扎眼的泡泡,还容易翘角和内卷。而上海衬衣,该圆的地方圆,该尖的地方尖,熨帖伸展,品相极好。如果是自己来买衬衣,也会一眼相中上海衬衣。

作为服装业的行家,彭家琪对上海衬衣的品质心服口服。他心里没有嫉妒,反而生出敬佩和仰慕。用他现在的话说:"当时自己厂里衬衫与上海衬衫的差距之大,有如拖拉机与奔驰、鸟枪与大炮。"

尤其是上海衬衣的领不起泡泡,他们是怎样做到的?这个谜,强烈地吸引着彭家琪想弄个一清二楚。

自己厂里的衬衣领，曾经是彭家琪的得意发明。做法是上下两层布，中间用塑胶布垫衬，用电熨斗烫后制作。这样做出来的衬衣领，一时间成为代表西南地区最高水平的衬衣。而现在他看到的康派司衬衣品质，简直颠覆了他的认知。

"自己做不出来，就必须去学。"彭家琪在心里这样对自己说道。

这些年，随着国民经济的高速发展，人民的生活水平不断提升，以前的人还穿补丁衣服补丁裤子，现在早已成为过去。人们对穿着不再只满足穿暖穿新，而有了更高的追求，穿好穿出样式穿出风采穿出时髦穿出气质穿出品位。上海衬衣的品质，正好满足了腰包鼓起来的人们逐渐提升的消费目光。

◎ 初到上海

1989 年夏天，彭家琪决定去上海。康派司衬衣非凡的品质，一直挠着他的心。他要去上海，解开这背后的秘密！

哪里跌倒，就从哪里爬起来。这是最通常的道理。飞燕服装既然被上海服装打趴，那么，就要从上海服装厂站起来。

"上海真大！"这是彭家琪随着人流从火车站地下通道涌出站，站在上海车站广场上的第一感受。

三天三夜的火车，彭家琪没有一点儿疲劳感，反而还洋溢着一种抑制不住的兴奋。也许，是因为第一次来到这座国际大都市的原因。不，是他心中的"圣殿"就在这座城市。

上海站是两年前建成投入使用的，气派、华丽、壮观，与这座被誉为"东方巴黎"之城很是匹配。

晒着比四川更热辣的上海太阳，看着车站广场上拖着各种行李箱、穿戴各种时髦流行色的人流和经络一样密织的街道，往哪个方向走呢？彭家琪初来乍到，两眼一抹黑，有点迷茫了。虽然他十五六岁就在社会上闯荡，做各种小生意，到过的城市也不少，甚至还去过雪域高原的拉萨，但那些城市怎能与大上海比。

广场边上有一个邮局报刊亭，里面摆满了各种文学期刊，还有厚厚一叠上海交通地图。

"买张地图，不是想走哪都可找到了吗？"彭家琪掏出五角钱，一张崭新的上海城市交通地图到手了，上面可以查出到哪里，坐什么车。那时的一张城市交通地图，就好比现在的北斗导航。但是，他来的目的是找上海最好最有名的服装厂学习考察的。

哪家服装厂最好最有名？是不是那家名叫"康派司"的厂？坐落在什么街道？彭家琪全然不知。他只得向店铺老板和戴红袖套的执勤人员打听。一连打听了几个人，他们的回答都说做得最好的是康派司衬衫厂，你可到上海百货大楼去看看他们的产品。一个中年人还把康派斯所在的大概位置告诉了彭家琪。

康派司！真是康派司！

它就是在成都出尽风头、让飞燕衬衣滞销的服装厂！这个名字早就铭记在彭家琪的心中，它是彭家琪心中向往的一座神圣的服装殿堂。他要去"朝拜"。

他先去了举世闻名的上海百货大楼，想再次以一个消费者的目光，来证明康派司衬衣的领先水平。

穿大街，过小巷，肚子咕咕鸣叫的时候，彭家琪终于到了上海最繁华的南京路，找到了赫赫有名的上海百货大楼。他理了理头发和衣服，挺起胸脯，随着熙熙攘攘的人流走了进去。这是一家经营各种商品的国际化大型商场，各国顶级服装品牌都云集于此，推销、展览。

据说，上海百货大楼是1917年开始营业的中国第一家自建百货大楼，创办人为广东中山籍的澳大利亚华侨马应彪，他被誉为"中国百货商店的鼻祖"。能亲自走进这样一家有着悠久历史底蕴的大商场逛一逛，也是人生的一大幸事。

商场各种名牌服装琳琅满目。眼花缭乱中，彭家琪的目光最后还是停留在康派司衬衫的专柜，仿佛被粘住了，再也不愿挪开。

彭家琪忘记了咕咕叫的肚子，在康派司衬衫专卖店，每种款式都看，从裁剪到飞针走线，他力图找到一点缺陷或瑕疵，但是，他失望了。流连了足足一个多小时，才依依不舍地离开。

在大上海游走了一天，彭家琪没找到康派司服装厂的影子。华灯初上的时候，他走进一家面食店，点了三两臊子面，分量足，口感却不敢恭维，缺少麻辣味。老家的空心挂面很出名，碗里的面条不敢与之相比。但肚子正饿，彭家琪三下五除二，一大碗面条很快梭进了胃。然后，找了一家旅店住下。

◎ 拒之门外

上海之大，上海之繁华，着实让彭家琪切身感受到了。第二天，他根据交通地图和打听到的信息，在浦东区杨新路，终于看到一道大门柱头上挂着"上海康派司衬衫厂"的牌子，惊喜不已。

大门很普通，两个大柱头，一道电动伸缩门，供车辆专用。旁边一道小门，是人行通道。人行通道紧连着透明玻璃岗亭，岗亭台上，笔挺地站立着穿着警式制服佩警棍的门卫。

"真不愧是名牌厂，门卫都这样威风。"当时，彭家琪心里这样嘀咕了一句。

大门里面，厂区大道宽阔而干净，两旁是排列整齐的厂房，外墙壁刷了粉红色涂料，看起来特别温馨。

彭家琪在门外深情地看着、想着，抑制不住内心的兴奋，迈开大步就往厂门口走去。

彭家琪没被威武的门卫吓住。他虽然年仅25岁，但已在社会上闯荡多年，是见过世面的年轻人。而且，他是来考察学习的，有本地政府部门开的介绍信，心地磊落，何来畏惧。

这时是上午10点半左右，门口很安静，没有行人，一辆带篷布的货车从里面驶出，伸缩门自动地缩进让出道路，货车走后又自动地伸出，像一道低矮栅栏。

"站住，干什么的？"门卫做出停步手势。

彭家琪止住了脚步，不慌不忙地答道："我是四川的，来厂里参观学习。"

"我们门卫没接到厂里通知，你不能进。"门卫冷冰冰地说道。

彭家琪又作了自我介绍，简要说明了来上海的目的，说尽好话。门卫一句话也不搭理，目光直视前方，仿佛彭家琪不存在。

从老家到上海，就这样被拒之门外？彭家琪心有不甘。他转身拖着沉重的脚步，悻悻地离开了康派司厂大门。

就这样算了吗？不行！以他彭家琪的性格，转身之际，就在心里暗下决心：不进康派司誓不罢休。

彭家琪在康派司附近转悠半天，终于看到一家地下室旅馆，不仅离厂近，费用还便宜，3元一晚上。

初夏，上海很热了。地下室的空气流通不畅，更加闷热。彭家琪翻来覆去睡不着，他想了很多。

彭家琪平时喜欢看书，尤其是一些成功者的励志书籍。他知道，任何成功者的背后，都有着不同凡响的经历和心酸。

比如希尔顿。他是世界知名的旅馆业大亨，毕生致力于建立以"希尔顿"为名的高级全球性连锁饭店。如今，在全世界各大都市里，几乎都可见到希尔顿的连锁饭店。希尔顿白手起家，他是在32岁时才立志从事旅馆业，而后逐步创业成功。因为白手创业成功，希尔顿相当自信，他写了一本名为《我的客人》的自传，并在全球希尔顿连锁饭店的六万四千间房间里,每一间各放一本。他说:"用心发觉自己独特的才华,那是迈向成功的第一步。"他还解释说:"我整整花了32年才发觉自己独特的长处,并赶紧往旅馆业去发展。在这之前,我也是个公司的小职员,但这毫不可耻。华盛顿总统最初也干过验货员,毛姆在当小说家之前原来习医,史怀哲在赴非洲行医之前是神学院的教师……每一个人在找到自己独特的才华之前,一定都有一段摸索的过程。"

他还说:"不深入了解自己的人,不可能成功。"

"我了解自己吗?"彭家琪在心里问自己。他当然了解,自从他第一剪刀剪下那块布料时,他就发现自己与服装有缘,这一生可能就是当裁缝的命。他认命。于是,他全力以赴做服装。现在遇到了一个挫折,难道就这样被拒之门外?

不行。坚决不行!

这一晚,彭家琪还想到了犹太人的生意经,想到了松下、丰田公司的成功,他们都靠自强不息的学习和努力在前进的道路上一步一个脚印,积跬步以致千里,彭家琪心中执着的底气如一团火,熊熊地旺起来。

◎ 再碰钉子

第二天,彭家琪早早起床,把头埋在水龙头下放冷水冲了两三分钟,让自己因没睡好觉而昏沉的头清醒起来。他昨晚已经拿定主意:今天在工人早上上班之际,浑水摸鱼,混进康派司。

他昨晚在旅馆里,已经向服务员打听到康派司衬衫厂早上上班的时间是8点,进厂高峰期是7点半。他在旅店食堂吃了两个馒头喝了一碗豆浆,来到厂门外才7点钟。这个时间段,还没职工进厂,他为了不引起门卫的注意,在外面的步行道假装散步，看车来车往。

上海是在中国大陆的最东边，是最先被太阳照耀的城市之一，早上5点多太阳就跃出海面，现在的太阳已经爬上高楼的楼顶，灼亮的光线热烈地洒下来，让眼前的街景明媚得耀眼。

彭家琪虽然人在步行道上走，眼睛却时刻观察着康派司大门口的动静。快7点半了，进大门的人果然多了起来，他快步回到厂区大道，加入进厂的人流中。

进厂的职工，步行的、骑自行车的、骑摩托车的都有，不时有一两辆桑塔纳或丰田车鸣着喇叭驶入。

走在这样的人流中，彭家琪心还是有点儿虚的。因为他发现，员工们都穿着统一淡蓝色短袖厂服，每人胸前吊着一块员工工作证。队伍当中，彭家琪就如一只鸡混在一群鸭子中，特别地扎眼。他故意走在离岗亭远一点的人群中。却不知道自己老远就被火眼金睛的门卫盯住了。

到门口的时候，一脸严肃的门卫直接来到彭家琪跟前，问他："进厂干啥？"

"上班呀。"彭家琪虽然是冒牌货，但回答得理直气壮。

"蒙谁呀？我看你是想混进去搞破坏？去去……"不由分说，彭家琪被推得直往后退。

他又一次沮丧地离开了，但又一次倔强地对自己说："我还要再来，必须进去……"

◎ **如愿以偿**

又是一个不眠之夜。

彭家琪想做的事，岂能轻言放弃？千里迢迢来到这里，他的目的，就是去康派司车间看看他们的衬衫衣领是怎样做出来的，看看他们那无半点瑕疵的衬衫是怎样生产出来的。这个谜团一天不解开,他一天都寝食难安。

迎着朝阳的光辉,彭家琪又来到康派司厂门外的绿荫道转悠。他要寻找别的机会进厂,不达目的誓不休。

上午9点钟左右,彭家琪看到一辆东风牌货车从街道拐上了进康派司衬衫厂的大道。他灵机一动,招了下手,迎了上去,微笑着递给司机一支大前门香烟,说:"师傅,你是给我们厂送货的吧?"

司机接过香烟,问:"你是?"

"我是厂里负责卸货的,特来路口接车。"

"你们名牌企业就是不一样,这么热心。小兄弟,上车。"大大咧咧的司机推开了副驾室门。

到了门口,门卫一边查看司机递给他的手续,一边看着副驾上的彭家琪,问:"你是干啥的?"

"卸货的。"彭家琪回答,一点也不慌张。

幸好门卫是轮岗执守的,否则就会被认出来。他的话,门卫信了,手一挥,伸缩门让出了道。

终于敲开了心中那个神圣殿堂的大门。这一刻,彭家琪无比开心。

货车是给厂里送制衣布料的。进厂左边的第二栋房就是库房。装卸班的工人早已等候在库房门口。一个带班的大个男子指挥车子倒退到门口,两个工人熟练地拉开尾门闩,爬上了车。下面的工人就背对着车厢,车上工人便把一件一件的布料放在他们的后背上。

彭家琪也加入到卸货队伍中。扛了几件货后,他问一个老装卸工:"大叔,你们厂的厕所在哪里?"

老装卸工手往前便一指,用地道的上海话说:"往前走,车间房旁边就是。"

这是彭家琪的溜走之计。

出厕所门时，遇到一个上厕所的中年职工，彭家琪拦住问："请问，厂里管技术的人在哪里？"

中年职工说："每个车间都有管技术的，你去车间问问。"

车间，正是彭家琪想去的地方。他整理了一下因为卸货弄得有些零乱的偏分头和衣衫，拿出气势，昂首阔步地往车间门口走去。

一个帅气的小伙子拦住了他，问："你找谁？"

这次彭家琪聪明地说道："我找总技师。"

"哦，你找毛工呀？"

"是。"

"你从哪里来？"

"四川。"

说着，彭家琪把县政府开的介绍信拿出来，又把自己的名片递了一张给小伙子，名片上印着：中江县飞燕服装厂厂长彭家琪。

小伙子一看名片，敬佩地看着彭家琪，目光里似乎在说："与我岁数差不多，他居然当厂长了？"

小伙子热情地把彭家琪带到办公楼的一道门口，说："这就是毛工的办公室。"

彭家琪激动地举起了右手，不轻不重地在门上敲了三下，里面传出"请进"的回声时，彭家琪轻轻地推开门，毕恭毕敬地站在门口，问："请问，您是毛工吗？"

屋内的转椅上，坐着一个穿戴讲究的微胖大个中年男人，戴着一副近视眼镜，办公桌上摆放着几沓图纸和文具。他足足打量了彭家琪一分钟，才取下眼镜，发话问道："你是干什么的？"

彭家琪从包里拿出介绍信和名片，从容地走近毛工，双手呈上，说："我是四川中江县飞燕服装厂厂长彭家琪。"

毛工一看名片，对眼前这个冒失的年轻人立马尊重起来，有点惊奇地问："你是厂长？这么年轻就当了厂长？厂里多少职工？"

"200多人。"彭家琪如实回答。

"真是厂长？哪一年办的厂？"毛工还是心存疑虑，重复问了一句，又看了一眼介绍信。

"是的。1984年投资3000元办的私营企业。"

"你这个也算厂？"也许，听到这句话时毛工心里在笑。

"现在我们厂的年产值已经突破1000万元了。"彭家琪不卑不亢地介绍说。

听到这句话时，毛工诧异了，很礼貌地站了起来，前倾着身子与彭家琪握手。毛工对彭家琪的态度来了个180度大转弯，他温和地问："你来我们厂目的是什么？"

"我想看一下你们的生产车间。"彭家琪心想，自己对服装制造有天生禀赋，哪怕看一下也能取到不少真经。但是，毛工没有立马答应彭家琪的要求，而是问："你住哪里？"

"服装厂旁边的地下旅馆。"彭家琪如实说。

"走，我去你住处看看。"彭家琪不其意。去车间看一下的愿望，毛工也没正面回答，但又不好再问，只得同毛工往厂门口走去。

毛工有自己的私家车，彭家琪以为他要去开，但没有。出了厂，彭家琪要喊出租车，也被毛工拦阻，说："我们就坐公交车，两站就到了。"

毛工月工资数千元，出行却这样节俭，他这样的品德，让彭家琪很感动。到了地下旅店，毛工去登记处翻看了彭家琪的入住记录。彭家琪明白了，毛工是在确认他说的话是否真实。

"你每天吃啥？"毛工突然问。

"面条，大饼。"彭家琪回答。

这时，毛工的目光全落到彭家琪身上，从脚看到头。彭家琪今天穿的是一双黑色皮鞋，擦得铮亮。上身是自己厂里生产的衬衣，衬衣下摆扎进米黄色长裤里，左手带着一块普通上海手表。尽管穿戴都很一般，但人却收拾得干净利落，神采飞扬。毛工面露欣赏的微笑，说："你这个厂长与沿海穿金戴银的厂长相比，显得有点寒酸了。不过，我喜欢这样的你。哈哈……"

说笑中，毛工又问了彭家琪的办厂经历，他一五一十地说了一遍。毛工认真地听着，频频点头，说："小伙子，你这样朴实，能吃苦，又有进取精神，我敬重你。你说要进车间参观，可以。不过，你得打5万元参观费到康派司厂的账户上，信息和技术交流是论价值的。"

◎ 取经学艺

第二天，彭家琪就接到家里的电汇通知，他拿着通知单几乎是小跑着去的康派司厂。这次，有毛工对门卫打过招呼，彭家琪很顺利地进了厂。

毛工看了汇款通知单后，给厂长打了个电话，说明了情况。放下电话后，毛工对彭家琪说："我给你一个星期的参观考察时间。"

彭家琪惊喜地握住毛工的手说："太感谢您了，毛工。一个星期足够了。"

在彭家琪心里，原想着能争取到一两天时间就万幸了。毛工居然给他7天。

走进车间，彭家琪犹如刘姥姥走进大观园。一排排电动缝纫机，整齐地排列着，工人们手中的布料"吱"一声过去了，彭家琪还没回过神来，"吱"一声又过去了，速度快如闪电。他的耳畔，尽是蚕吃桑叶般的沙沙声。

彭家琪惊呆了，他之前有过很多种猜测和想象，但从没想到是现在这样的场面：全是电动缝纫机，全是流水线作业——每个工人只重复做一个部件。而自己的厂，还是老式脚踏缝纫机，还是一个人一件衣服从头做到尾。因是实行计件制，有的工人为了多挣钱，把衣服带回家做，菜汁、面汤都有洒在衣服上，一件新衣服还没出厂，就成脏衣服了。

彭家琪内心受到很大的震动，决心一道工序一道工序地学。他掏出提包里的笔记本和笔，先从裁剪记起。

康派司的裁剪，是电剪，像锯木头一样，一剪刀下去，能剪开几十层布料，让彭家琪大开眼界。自己的厂，还人工剪裁。这速度，就是乌龟与兔子的速度差。

漂亮的衣领，是康派司对彭家琪最初的诱惑。自己厂制领，是通过电熨斗给塑胶加热，再用一个原始的手摇机搅压，容易起泡，这是彭家琪一直没攻下的难题。走进康派司车间，这个谜终于破解了。他们两层布料下，中间放塑胶，用一种新型的自带加热的滚筒碾压过去，冷却后再进行缝制，做出来的产品伸伸展展，没有一点泡。

一个星期里，彭家琪每天都比工人们先到车间，最后一个离开车间。从第一道工序到第一百道工序，他不仅都熟记于心，还把每一道工序都画了操作"象形图"，晚上回到旅店，又熬夜配上文字，说明详细流程。

上海之行，用"不虚此行"来形容，是不够的。后来事实证明，这一次是成就彭家琪一生的行动。

要离开上海回四川了，彭家琪特意去康派司厂与毛工道别，深深地向毛工鞠了个躬。

中江的"上海牌"

◎ 顺时达变

彭家琪从上海回到了中江,这次康派司制衣公司的学艺经历,颠覆了他以前那种"比上不足,比下有余"的小作坊思维,代之而来的,是自己内心深处迸发出来的谋变求新的迫切愿望。围绕企业的"脱胎换骨",他开始确立全新的办厂理念,他与当时的合作伙伴陈秉达商议,将"飞燕"服装厂更名为"琪达"制衣公司——以两人名字合为新公司名。推进企业向现代化公司经营管理的新格局迈进。

他在车间里转悠着,显得有些心事重重。工人依旧操作有序,生产依然忙碌,熟悉的老式缝纫机声,还是那么亲切。然而,他深深知道,于服装企业而言,这种缝纫机早已经落后。由老裁缝师傅组成的服装小作坊,已经不适应市场发展。

彭家琪走进自己的办公室,悄然把门关上,再次思考了设备更新问题,此刻,他下定了决心:干!

按照康派司制衣公司毛总工所提供的线索,他购得了一批先进的上海造制衣设备。当崭新、锃亮的机器到达厂里的时候,他下达指令:希望老工人尽快把自己的老式缝纫机抬回家,为新机器腾出地方!

厂里顿然像炸开了锅似的。工人们的反应,瞬间出现两极分化。新设备到厂,让年轻人笑逐颜开,欢笑中,有他们对小厂变大厂的祝福,有他们对未来的憧憬。而老工人愁眉不展,当初,他们与自己的缝纫机一起加盟彭家琪的服装厂,从此跟随彭师多年，为这个服装厂，他们曾呕心沥血啊。新设备到厂，意味着他们这批文化程度低、不会操作新设备的老人将被淘汰，换句话说，他们失业了！

一切没有商量的余地，设备安装如期进行。厂里老师傅痛苦地叫喊："彭师，你这是赶我们走啊！"

"彭师"，是老工人对彭家琪的常用称呼，称呼中，体现着他与老工人们的和谐关系。想不到的是，这种关系今天却出现裂痕。

就在老师傅从厂里把自己的老机子往外搬的时候，天上响起闷雷，大雨顷盆而来。彭家琪不忍心他们淋雨，叫他们改天再搬，可老师傅们都面带怨气，他们个个瞪眼看着彭家琪，固执地和家人抬起老式缝纫机，步态蹒跚，走进雨中……

望着老工人的背影、彭家琪不禁潸然泪下……从艰苦岁月走过来的彭家琪，对老工人此时的举动十分理解。服装厂是老工人赖以谋生的地方，多年来，这些老工人伴随自己一路艰辛打拼，现在，自己却无法与他们继续合作。彭家琪心里明白，这样的选择，是企业发展的必然。在老工人需要勇敢面对的同时，自己更需要直面现实。把服装厂带向更高层次，正是为了让更多的员工不再重复自己当年的漂泊流浪！

车间里，新设备分批试运。新的管理方式，也随之实施。统一上下班时间，上班以打铃为信号；上班迟到者、中途溜岗者受罚！这些规定让工人们一时难以接受。过去，职工各自为政，活儿出在自个手中，所以，上班准时与否都不在考核之中，甚至，在上班中途回家煮饭也是常有的事。传统手工业管理方式的突然打破，让很多职工多次违规，受到厂方严厉处罚。

当然，处罚不是目的，而是让小厂职工尽快转变观念，快速适应现代企业规范。

彭家琪每天都是最先来厂，最后一个离去。以身作则，比任何办法都有用。员工很快明白了现代企业管理的道理，电剪刀一下去，就是100多层布料，流水线作业如链条转动，一个环节落后，可导致全盘停滞不前。"一把剪刀一把尺"的传统制衣模式一去不复返了，职工在循序渐进的流水线作业中，明白了合作的重要性，纪律意识、团队意识已经开始形成。

工人逐渐适应了流水线作业。岗位分组，各司其职。裁片准备好之后，有专人分派这些裁片给相应的缝纫工人，做领子、袖子，口袋熨烫，抽检质量，最后，一件件经多人合作的成品衣服完美诞生。

流水线生产服装，需要专注细致和一丝不苟的工作态度。为使全体员工适合新的要求，彭家琪想出一个高招：轮岗。他要让全体员工到各环节轮流工作，以熟悉整条流水线，这样，当某个工种缺人时，才不会捉襟见肘。轮岗，连成品车间也不例外，在这里，轮岗职工要根据工艺单学着打小样，完成样衣标牌整理，录入样衣类放置。这些工作十分繁琐，是一道道细致活。围绕样衣的原料、加工、款式、归类、吊牌的"缸号"和"货号"等工作，老员工不厌其烦地给新手作示范……

看到服装厂日新月异的变化，彭家琪有说不出的高兴。在上海，他讨得恩师毛总工的真经；回到中江，他倾其所有投入技术改造。他感到，有一种神奇的力量支持着自己，前路虽然坎坷，但他相信总能跨越而过，并留下一连串令人惊心而又精彩的回忆。想到这里，他笑了。

企业逐步走上正轨，他要迎接恩师毛总工的检验！一切准备就绪，他给上海的恩师毛总工打通了电话，电话中，亦师亦友的二人相谈甚欢，最后，彭家琪才提起自己的企业已进入一个全新时期，并诚挚邀请毛总工及家人游览蜀中山水，来厂指导工作。

◎ 上海助力

这是1989年10月底，四川正值秋高气爽。彭家琪开车去双流机场接到从上海飞来的恩师。

到了中江地界，彭家琪提出先安排年事已高的毛总工休息一会，可毛总工把手一摆，说："不，还是先看看你的厂吧！"

毛总工的脚刚迈入车间，便露出震惊的神情。车间内，新机器排列有序，各岗位生产正忙。他立刻止住脚步，很不高兴地大声问道："你们显然又找了别的师傅，那还叫我来干什么？"

彭家琪笑了，他挽着毛总工的手臂说："毛工啊，我就是按你们厂的规划样式布局的，没找外人帮忙，真没找！"

毛总工将信将疑，又迈动脚步向前走去。他身旁的机器摆放，间距合适；车间生产，井然有序……厂如此规范，是他之前没有想到的。对彭家琪当初在上海康派司参观的过程，他记忆犹新，自己并未谈起过机器布局方案，也从未将机器布局图纸交给彭家琪啊……此时，毛总工再次细细打量了一遍眼前的彭家琪。面对这位说干就干，认定一件事就不回头的年轻民营企业厂长，毛总工心里不由心生敬意，欣赏有加。

但毛总工不会轻易赞扬一个人，在职业生涯中，他见多了很多人在事业之初雄心勃勃，最后因多方面原因而人仰马翻。所以，在认真巡视了琪达厂之后，他谈得最多的，仍然是人才、管理及产品质量。对这个厂的企业文化建立及其后续发展，也寄予了很多希望和期待。

毛总工所有谈论都很实在，这位上海专家求真务实的工作作风，深深影响了彭家琪，他一一用笔记下，以便日后认真消化，适时运用。

在毛总工即将离开中江的前夜，彭家琪以学生的口吻，央求老师在解决关键技术上予以帮助。

时过三个多月，毛总工再次来到中江琪达。此时，已是1990年初春，四川的天气正处于逐渐向暖，这是万物重新焕发生机的季节。

这次，他是应彭家琪所托，特意在上海挑选了三位师傅来指导技术、兼收徒弟。

上次毛总工到中江时，彭家琪为提高机器设备维护水平，攻克衬衣领粘合工艺上的技术难关，诚恳地希望毛总工帮忙，尽快帮助引进人才，对本厂员工进行培训。

毛总工说到做到，回到上海，就将琪达开出的条件告诉了几位已经退休的师傅。师傅们与毛总工曾同厂工作，且关系不错。哪知道，他们都不看好四川中江的这家民营小厂。毛总工一次次给他们讲了此厂的情况，然后表态，自己到时会一起和他们到这个厂去，这才让三个技师勉强答应接活。

三位技师中，两人是机修专家，一位是衬衣领粘合工艺专家。起初，他们对身边的徒弟不怎么信任，特别是机修专家，在他们看来，复杂的机械是一个链条，链条之间互相关联，要想学精，其过程相当漫长。所以，他们宁愿亲自动手修理机器，也不愿将造成故障的原因及修理要领向徒弟讲得很明白。

可是，徒弟们对他的尊重却是发自内心的。一天，徒弟黄勇邀请他们到自己乡下的家里做客。两位上海师傅欣然应邀，他们对四川农村一直心存神秘感，如今既然来到这里，就必须去感受一下实情，去领略一下蜀地乡村的民风民俗。而最重要的，这片土地，是英雄黄继光的故乡，他们多次谈起，到中江，很想去看看黄继光纪念馆。

小黄和几位师兄师弟满足了两位师傅的愿望。这天，他们带着三位师傅参观了黄继光纪念馆。然后，一行人沿着一条窄窄乡村路，七转八拐，来到了离县城不远的西山乡，这是小黄的老家。在这里，上海师傅们领略到了淳美乡村风光，却也感受到了村民的艰辛。

上海师傅问起了这里的民情，小黄豪不掩饰作答："就拿自己家说吧，家里共有十来亩地，田地分成了几处，最小的地块不到半分，耕牛都转不过身来。因为贫困，村里有多户人家娶不上媳妇。为脱贫致富，村里很多年轻人都远离故土，在外打工……"

中江之行，让三位师傅真实感到了农村与城市的差别，真正地理解了这里人们想改变命运的迫切愿望，他们也明白了彭家琪及这些徒弟那种上进好学、那种拼劲的力量来自何处。

上海师傅不再疑虑保留，他们手把手将将技术传给了徒弟。一旦遇上机器故障，就带领徒弟分析故障原因，找准故障位置，然后拆卸机器，进行修理，快速恢复机器运转。

两位机修技师还跟班作业，现场处理机器运转中的突发问题。徒弟们见两位师傅太操心，就说："师傅，你们又修机器又跟班，这样辛苦，我们不忍心，还是等机器出了问题我们再叫你们吧。"

两位机修技师摇摇头，其中的方师傅说道："我告诉你们做机修工的秘诀吧：机器一旦出了大问题就会长时间影响生产；为了不让机器出大问题，就得巡视和细听机器运转声音，及时发现和解决故障苗头，以防酿成大患。"于是，又进一步告诉徒弟们巡视的重点，用耳辨认机器故障的技巧。

一个多月以后，三位师傅即将返回上海，他们分别对所带的徒弟进行了严格考核。看到徒弟已经完全掌握技术要领，深感欣慰。

彭家琪大刀阔斧推行的技改，不仅把上海的技术移植到了中江，也带回了现代化的管理制度、经营理念，生产效率和产品质量得到大幅度提高，企业迸发出巨大的活力。

既然我们是上海的技术、上海的管理，我们能否打造一个和上海一样的风格和品牌呢？彭家琪又有了进一步的思考。

彭家琪翻阅了很多资料，查考了一些有关上海的历史人文，最后，他给上海服饰定义为：时髦得体、华而不贵、雅而不艳。

上海服饰为大众所接受并流行，有着多方面的原因。彭家琪从这里受到巨大启发。经过深思熟虑，他有了大胆的想法：在上海注册衬衣品牌。

然而，外地服装企业一个衬衣品牌要在上海注册，不仅需要拥有独资企业营业执照，还须有与上海当地服装企业联办的整套手续。彭家琪知道，这有难度，但自己的琪达服装厂拥有上海的机器设备与技术，找一家上海当地服装企业联姻，应该具备可能性。

于是，他又到上海找到了恩师毛总工。这位在上海服装企业界享有盛誉的工程师，因信任彭家琪的人品与实力，几经斡旋，终于为琪达找到了合适的合作伙伴。不久，彭家琪与上海某服装企签订了衬衣联营合同。四川琪达与上海联姻成功，诞生了一个"孩子"——上海"金达牌"衬衫。

"金达牌"并不是简单地模仿套用上海品牌，而是经过一番解构与改良。

至今，当地一些曾经买过穿过"金达牌"衬衫的人，在聊起当年"金达牌"的风靡盛况，仍然赞口不绝。

据说，当年在中江琪达厂门外，服装商们为拿到货源，常常在厂外排队，以零食充饥。长长的候货队伍一直排到另外一条街道。

那个年代，德阳及附近县市的消费者，往往以穿上"金达牌"衬衫而洋洋自得。当地人把中江琪达的这款新产品自豪地称为中江的"上海造"。其声名远播，让川内及西南各省服装商蜂拥而至。

人们对琪达与上海联姻生产的"金达牌"衬衫如此迷恋，引起了彭家琪的深思。经走访消费者和市场分析，他认为，人们崇尚沿海货，很大程度上是因为四川历史上没有自己硬气响亮的品牌服装，名气大、质量好、款式新颖的服装，大凡都集中在东南沿海大城市。

品牌的影响力是巨大的。换言之，影响人们消费的，往往是品牌的知名度。既然省内无大品牌服装，彭家琪另一个宏大的计划应时而生：他要与时俱进，用智慧缔造四川服装大品牌！

走出四川

◎ 创新，一衣风行

凭借上海技术，联袂上海名企，有了"上海造"的美誉，但当时琪达衬衫的发展成绩有多耀眼，有多不容易？要放在当时的国内服装大行业来看才能一目了然。

纵观当时中国的服装行业格局，改革开放后一批批现代化的服装企业雨后春笋般逐渐生长起来，他们多数位于沿海地区，那里面朝海外，得风气之先，经济相对发达，产业链更加完备。深处内地的琪达，从地理区位、发展环境来说都处于劣势，尽管如此，琪达却在衬衫领域一马当先，发展业绩跑到了行业的前头，甚至让一些沿海服装企业也望而生羡。

创新，是琪达在衬衫领域保持领先的不二法门。

琪达衬衫的"一衣风行"，看似一个奇迹，实则是琪达对质量与创新深刻理解的必然。彭家琪曾说："琪达衬衫不仅要质量好，还要凸显时尚。"

这种"时尚"一部分来自于琪达衬衫的上海技术基因，更多的是得益琪达不断的创新，这种创新得益于彭家琪对产品使用场景的深刻理解，对人们需要和市场走向的微细洞察。

彭家琪从青年时期摆地摊，做"乡串串"，到创立琪达，亲自抓销售，长期与顾客打交道，对客户的需求，和对服装的功能有着别于常人的理解力。他长期既直面用户进行销售，又专注专研衬衫的设计生产，能够将用户的使用体验直接运用到衬衫的改良上，这是很多现代设计师无法企及的。正是因为有这两方面的深厚基础，让彭家琪能在衬衫创新上大显身手，首创了后来风靡全国的"双领四袖"保暖衬衣、西裤式保暖衬衫。这是琪达精心培育的自有品牌。

保暖衬衫和西裤衬衫的创新发明，缘自彭家琪自己的经历。

长期在全国各地跑业务的彭家琪，为给客户留下良好印象，无论春夏秋冬都穿着衬衫西服。其他季节还好，到了冬天，穿一件衬衫套一件西服，说话都在打哆嗦，还怎么谈业务。那个时候还没有保暖内衣，彭家琪经常为此苦恼。有一天，他突然想到：既然我有这样的苦恼，那其他和我一样经常跑业务的人，肯定也有这样的苦恼，这不是一个大的市场需要吗？解决了我的难题，不就满足了这一需求吗？于是，一款独创产品迅速投入开发。

保暖衬衫发明成功后，其他服装企业纷纷跟进效仿，一时间保暖衬衣火遍大江南北，而正当其他企业在争相效仿保暖衬衫的时候，琪达又迅速推出了自己创新发明的"西裤式保暖衬衫"。

"双领四袖"西裤式保暖衬衫也是彭家琪的创新发明。经常出差的彭家琪还有一个感到不方便的地方，就是出门在外不好洗衣服，一件衬衫穿好几天，其他地方还好说，领口和袖口是最容易脏的，洗了又怕第二天干不了。躺在旅店床上的彭家琪突然灵光乍现，要是领口和袖子可以拆换那就方便了，出门就只需要多带几套领子和袖子，脏了就拆下来换一副干净的，那多方便。就这样，彭家琪经过反复琢磨、实验，一步步优化，最终设计出令人满意的"双领四袖"西裤保暖衬衫。这种西裤穿着外观是西裤里面套了一件衬衫，配有两个领口四个袖盖，足够出差用上一两周了。琪达西裤保暖衬衫一经推出，也大受欢迎，独有的专利保护，也让很多有意模仿的企业望洋兴叹。

但一个前所未有的新产品，并不是一开始就能市场接受的，首先是商场对新产品销售没有预期，对琪达首创的保暖衬衫一时难以接纳。一个新产品的创新，销售是最后的也是极为关键的一环。

对于创新产品的推销，彭家琪又带头冲到了一线。

在保暖衬衫推销时，彭家琪带着两名推销员，抬着一大纸箱成品来到成都人民商场，他想找该商场进货负责人，将产品打入这个大商场。如果洽谈成功，销售难题便可迎刃而解。可他万万没想到的是，主管商场采购的某负责人并不看好这种保暖衬衣。无论彭家琪怎样介绍，甚至还把实样拆开让对方看，对方都坚持说不进这类产品。

彭家琪有些伤心，但没有气馁。凭借一股子倔强劲头，他在商场外，上演了一场很久没有表演的"节目"。

他脱掉外套，取出保暖衬衣当街叫卖！一边举着保暖衬衣，一边吆喝："买保暖衬衣！买保暖衬衣！又保暖又潇洒！穿一件衬衣就可过冬……"

来来往往的过客一听，疑惑地看着他。时值严冬，他在成都人民商场门外只穿保暖衬衣，不穿外套，与穿冬装的众人形成鲜明对比。

一个小伙子半信半疑凑上来，彭家琪将一件保暖衬衣打开给他递过去。小伙子伸开手臂一穿，边扣纽扣边笑："安逸！当真很热和呢！而且身材也显出来了，好，买一件！"

卖出一件就不愁卖出两件。此时，用纸箱子撑起的临时摊点已围满了人，不到两个小时，一大箱保暖衬衣售罄。

彭家琪的现场推销，让厂里陪同而来的两个年轻推销员很受触动。他俩一回到厂，就将此事摆给搞销售的伙计听。大家都说这是彭师给大家上的一堂现场推销课，还有人发出感叹："彭师都没有摆架子，我们还在推销时爱面子干啥子嘛！"

于是，销售人员迅速分兵出击，分别奔赴成都、绵阳、重庆、西安、兰州……当年冬季服装市场，立即出现保暖衬衣一花独秀态势。

琪达保暖衬衣走俏时，成都人民商场后悔了。他们亡羊补牢快速奔赴中江，与琪达签订了长期的供销合同。由此，琪达保暖衬衫陆续登陆各大商场，销售持续火爆，而且也带动了琪达其他衬衣的良好销售，琪达的产品实现了库房"零库存"，商家"零欠款"。

通过创新，琪达衬衫这个品牌在市场上渐渐声名鹊起，并不断进发出春青活力，成为质量和时尚的象征，也使琪达企业走到了行业的前列。

通过这种创新性的蓬勃发展，琪达赢得了巨大的发展效益和品牌声誉，积累了大量的技术和人才基础，整合了更为广阔的市场资源，迎来了琪达发展史上重要的一次跨越。

◎ **不负所期**

1993年5月14日至19日，首届国际服装服饰博览会在北京国际贸易中心举行。这次博览会规模宏大，展品丰富。法国、意大利、英国、德国、美国、日本、奥地利、韩国等国家名企荟萃，众多世界级著名服装设计大师，从世界各地聚集北京，他们带来了由自己设计精制的服装展品和时装作品。

服饰文化大交流，将人们的服装审美视线引向了中国首都。

所有厂家的参展产品除品质优良、设计创意新颖外，更为注重技术进步、模式创新。在这里，人们不仅能看到世界制衣业的升级，更能看到中国创造力的丰沛与进步。

北京国际贸易中心大厅里人头攒动，人们来来往往，络绎不绝。"火爆""爆棚"，这是参加博览会行业人口中出现频率最高的词语。

琪达的展位当然也受到了人们的重视。在一周的展期中，大批代理商、经销商、连锁品牌店主、设计师蜂拥而至，他们以专业的眼光，审视着来自四川腹地的琪达参展产品。他们用眼睛扫视了所有琪达产品，频频点头称赞，最终，他们把眼光停留在了琪达衬衣上。琪达衬衣用料精致、衣领伸展美观、版型自然且又潇洒，他们先是吃惊，随之开始咨询……

一天上午，琪达展位附近突然出现一片欢腾声。原来，世界服装巨头皮尔·卡丹走到了琪达展位前。彭家琪见状一阵惊喜，急忙上前迎接。

当年，皮尔·卡丹先生已经71岁，可依然充满活力，满面春风。

彭家琪在与皮尔·卡丹握手之间，分明感到一股暖流传遍全身。彭家琪很激动，但也夹杂着诚惶诚恐。他担心，以世界级服装大师的眼光，琪达产品也许还存在很多不足的地方，因此，皮尔·卡丹可能会对琪达产品摇头否定，并提出一大堆建议和意见。

彭家琪认真而又欣喜地向大师介绍着产品，皮尔·卡丹先生一面听着彭家琪介绍，一面对琪达几种产品进行了认真品鉴。通过翻译，皮尔·卡丹对面前这位还不到30岁的中国青年及琪达产品有了好印象，自始至终，他都保持着愉快的微笑。经过一番细致品鉴后，皮尔·卡丹先生转过身，轻轻拍了拍彭家琪的肩膀，然后竖起了大拇指。

此刻，彭家琪真有受宠若惊之感，得到世界级服装大师的认可和赞赏，这很不容易！由于心情无比激动，彭家琪甚至没有听清楚翻译传达皮尔·卡丹对琪达产品的具体评价赞词。

多年以后，彭家琪回忆此事时，仍对自己未听清皮尔·卡丹先生对琪达产品的评语而感到十分懊恼。但是，在皮尔·卡丹品鉴琪达产品的时候，摄影师抓拍了一张照片。照片上，彭家琪充满喜悦，正在向大师作介绍，皮尔·卡丹先生笑容可掬，他手拂琪达产品，正认真品鉴。

皮尔·卡丹是彭家琪最崇敬的人，他不仅是服装大亨，更是世界公认的服装顶级设计师。彭家琪一直珍藏着他与皮尔·卡丹同框的照片，每每看到照片里大师亲切的笑容，他便获得一种向上的力量。

在闭馆前一刻，展馆仍处于一片热闹气氛之中。商家与厂家对接场景依然火热。

这个展会平台，为众多企业带来发展机遇，而接下来的持续发酵，让彭家琪始料不及。

琪达服装在首届国际服装服饰博览会上摘取产品银奖和"著名商标"之后，迎来了一波获奖浪潮——1994年6月，荣获"四川省名优特新博览会金奖"；同年12月，又被评为"四川省最畅销国产商品"。琪达美名，随之蜚声遐迩。

尤为令全厂职工惊喜的，要数1994年4月从北京传来的喜讯：琪达衬衣荣获"中华精品衬衫"。这不仅是德阳的殊荣，也是四川的荣耀！"中华精品衬衫"颁奖那天，时任全国人大常委会副委员长的陈慕华神采奕奕，莅临现场。她亲自为琪达颁奖，台下记者手中的相机"咔嚓"声频频响起。彭家琪的合伙人陈秉达从副委员长陈慕华手中接过奖牌的那一刻，彭家琪眼眶里充盈着激动的泪水，他的企业站在了中国服装界最高领奖台上，他感慨万千。他暗自起誓，自己要从这个里程碑重新出发，继续前行，攀登新的高峰！

琪达衬衣获得"中华精品衬衫"，这是中国服装协会、中国服装工业总公司、国家服装质量监督检测中心等六家权威机构的评定，这也是琪达服装建厂以来的第一个全国大奖！至此，琪达已被业界公认为著名服装企业。

颁奖会后，中国服装协会郑重向全世界推荐琪达衬衣！

当全厂上下为此一片欢腾之时，彭家琪却异常冷静。

服装界超乎预期的发展势头，意味着更为激烈的竞争。在首届国际服装服饰博览会上，他就看到了国外服装市场正在发生变革，中国服装行业也正在加快转型步伐。开启从文化创新、科技提升到智能制造的全新升级已迫在眉睫。他成竹在胸，拟定了将公司总部从中江搬迁至德阳的又一项重大战略决策，旨在让琪达未来的发展获得更好的区位优势。

于是，我国西南、西北地区最大的衬衫生产基地呼之欲出。走出四川，进军全国！实现这一个目标虽然必经艰辛之路，但彭家琪充满信心！

◎ 1984年10月18日，中江县飞燕服装厂成立，中江县服装行业的第一家私营企业诞生

◎青年时期的彭家琪

◎ 1987年,在中江县委的支持下,琪达拥有了第一栋自己的1000平方米的厂房

◎ 1989年,琪达聘请当时在全国最好的衬衫基地——上海的高级工程师和技师前后两年为琪达培训技术人员,上海的技术在四川嫁接成功

◎ 1994年，彭家琪与服装界泰斗皮尔·卡丹先生

原国家质检中心刘家栋主任给琪达授牌

◎ 1994年，琪达荣获"中华精品衬衫"

第二章 风雨跨越

靠上海的先进技术，凭借着对市场的洞察而不断创新，琪达衬衫名声渐响，呈现良好的发展势头。但商业世界里没有一劳永逸的事情，特别是变革时代，市场风起云涌，瞬息万变。

曾被琪达引以为豪的商场专柜销售在市场的发展中终被抛弃，在困境中开创、迅速火遍全国的专卖店也在不断扩张中渐生积弊。而琪达两位创始人因经营理念的差异，引发的"分家"更让琪达的前途出现了不确定性……经过十余年良好发展，琪达走到了一个艰难的时刻。

风雨中跨越，有豪迈也有疼痛。但也正如一场必经的成人礼，一旦跨越，收获的将是更加广阔的未来！

春江水暖

◎ 1992年，那是一个春天

20世纪90年代初，改革开放取得了巨大成就，随着生活水平迅速提高，人们的眼界被打开、思想也逐渐开放。但是，彼时复杂的国际环境和改革开放所带来的一些新问题，引发了不同的思潮，社会上对姓"社"还是姓"资"的讨论声音开始越来越大，这样的讨论无时无刻不牵扯着彭家琪的神经，对于一个民营企业家来说，大的政策方向，关乎企业发展、个人命运。一时间，"政策变不变"成为很多民营企业家私下见面时忐忑谈论的话题。

彭家琪这个时候更为纠结，从上海引进的先进技术和流水线设备，经过一段时间的磨合后，正开始迸发产能优势，琪达的效益和品牌影响力与日俱增，企业进入了快速发展时期，正是进一步开疆拓土的最好时候。但这时社会上对改革开放突然有了不一样的声音，大的政策方向究竟如何，众说纷纭。彭家琪心里吃不准，做起企业来感觉是束手束脚，心里憋得难受。

柳暗花明的转机发生在一个春天。

1992年三月，天气乍暖还寒，彭家琪突然接到市里的一个电话，通知他第二天参加由市政府组织的一个重要的学习大会。

第二天，彭家琪早早到了会场，发现这场大会与以往不太一样，偌大的会场，领导和德阳市各个民营企业家都坐到了台下。大家翘首看着主席台，主席台上只有一台电视投影仪，放着邓小平同志南方视察的专题片。伟人的声音通过扩音筒响彻整个会场。伴随邓小平在镜头前一句句坚定的话语，会场上不时爆发出热烈的掌声。邓小平面对镜头，神情庄重而坚定地说：姓'资'还是"姓'社'的问题。判断的标准，应该主要看是否有利于发展社会主义的生产力，是否有利于增强社会主义国家的综合国力，是否有利于提高人民的生活水平。"看到这一幕，全场爆发出经久不息的掌声。彭家琪更是激动得热泪盈眶，积压在他胸口的一块巨石轰然落地，困扰他的顾虑终于烟消云散……

1992年，改革开放的总设计师邓小平，南下视察，沿途发表了一系列重要谈话。《深圳特区报》率先发表了《东方风来满眼春——邓小平同志在深圳纪实》的长篇通讯，集中阐述了邓小平南方谈话的主要内容。邓小平南方视察谈话坚定了改革开放的道路，在全国引起了巨大的反响，各地纷纷收看收听学习讲话内容。此情此景，正是歌曲《春天的故事》描绘的激励人心的历史时刻。

邓小平南方视察谈话给像彭家琪一样的中国民营企业家吃了一颗"定心丸"。

若干年后，彭家琪说，如果说改革开放是他人生的第一个春天，那1992年就是他人生中的第二个春天。在这个春天，彭家琪看到了前方投射过来的光亮……

而全中国有彭家琪这样感受的民营企业家何其多也！

"春江水暖鸭先知。"民营企业家们自有感知时代温度的灵敏双蹼。南方视察谈话让彭家琪的重重顾虑烟消云散，一股暖流在他胸里涌荡，憋得太久的他，迫不及待要放手大干一场。而与此同时，他隐约感知到了一个新时代的帷幕即将拉开——南方视察谈话后，改革开放必将坚定地大踏步行进，会带来更大的经济发展成果，更深刻地改变人民的消费理念和消费习惯。而作为最能表现一个时代一个人精神面貌的服装，一定会迎来一片更加广阔的新天地。

从小就跑市场的彭家琪早早就能感受到人们在着装上发生的日新月异的变化。20世纪80年代，随着国门打开，一些国外影视作品对人们的着装起到了巨大的引领作用，衬衫畅销，西服也开始悄悄走入寻常百姓家，正装、商务着装的市场需求初现端倪，而20世纪90年代初的这个春天所传递的信息，必将极大地推动这一趋势。

在大时代的浪潮启蒙下，一个更加宏伟的蓝图在彭家琪胸中勾勒成型，这是一个除衬衫之外的更广阔的服装领域……

1995年7月，四川琪达实业总公司总部由中江搬迁至德阳市区凯江路，同时企业名称变更为"四川琪达实业有限责任公司"，新的厂区全面升级了衬衫流水线，一个当时我国西南、西北地区最大的衬衫生产流水线在德阳成功投产。

同时，以搬迁新厂为契机，琪达引进了西服生产线，并斥巨资聘请意大利吉尼亚原CEO吉瓦迪先生指导西服生产线。从1984年进入服装行业，琪达第一次将双脚踏进除衬衫外的多元化生产的领域，开始进军西服生产的新市场。无疑，这是靠衬衫起家、靠衬衫扬名的琪达发展历程上的一次关键跨越，将深刻改变琪达的命运。

◎ 销售，"危机"与"转机"

虽然通过新技术的全面应用，以及设计上的创新，琪达在衬衫领域做得风生水起，成为国内的知名品牌，但衬衫毕竟只是服装行业里的一小块领域，多年来，琪达在这个狭小的领域精耕细作，确实取得了很大的成就，但如果仅仅局限于衬衫而不跨升到更大的领域，也会错失很多发展机遇。

但跨越，特别是从熟悉到陌生的跨越何其艰难。

美国经济学家道格拉斯有个理论叫"路径依赖"：一旦人们做了某种选择，惯性的力量会使这一选择不断自我强化，并让你不能轻易走出去。这一著名的经济理论成功地阐释了经济现象的演进规律，其实也反映了人们专注某一领域的思维弱点。

20世纪90年代初的琪达，正处在这种不断强化依赖的路径上，早在几年前，彭家琪虽然已经敏感地察觉到改革开放的进一步深化，将带来中国服装行业的大增长时期，但企业在衬衫领域不断取得的成就，让琪达更加专注和依赖这个狭小的领域，无暇它顾，而这样下去会错失巨大的时代机遇。

跨越"路径依赖"往往得益于一场大危机，"穷则变"，只有在山穷水尽的时候，人们才会做出以往难以做出的艰难改变。但彼时的琪达正顺风顺水，发展如火如荼，危机何来？

危机，就在销售模式。而正是琪达销售模式逐渐显现的危机，最终逼迫琪达跳出了衬衫生产的舒适圈，涉足其他成衣领域……

对服装而言，可以说什么样的销售形式，决定了什么样的生产方式。中国老牌服装企业从小作坊，到现代化企业的成长过程中，同时也经过了从地摊到商场，再到专卖店的销售演变之路，琪达也不例外。

20世纪80年代，彭家琪摆地摊，走村串巷，一辆自行车驮着一个销售部，餐风宿露，日晒雨淋，还被撵得四处"打游击"，那个时候，进入大商场，把衣服堂而皇之地摆在货柜里卖，成为了他的一个梦想。但那时的商场是国有商场，里面摆的也都是国有企业生产的产品，是私人作坊难以迈入的大雅之堂。而"逛商场"在当时也是人们节假日里的一个重大活动，即使不买东西，逛一逛也是令人兴奋快乐的事情，而要轮到买衣服这些重大活动，是必首选国有商场的。大商场的经商环境对彭家琪充满了诱惑，为了让自己的产品进商场，他绞尽脑汁，抱着衬衫跑遍了川内城市大大小小的商场，但是都因为当时的厂子没有名气，又是个体私营企业，人家一听是私人厂子，货都不看就把头摇得跟拨浪鼓似的。那几年，各种商场的闭门羹滋味，让彭家琪几乎吃了个遍。但好在他心眼活络，更凭着坚忍不拔的毅力，好说歹说，终于有商场愿意摆上几件试一试，这样，几经波折后，彭家琪的商场梦总算是开始慢慢实现了。

20世纪80年代中后期，琪达衬衫正式登堂入室，走进了各大国有商场的柜台。从此，琪达产品进入了商场销售时代，随后几年，琪达大刀阔斧地推进各地的商场专柜开设，短短几年，琪达专柜在西南西北诸省各大城市的商场遍地开花。

商场专柜销售的快速发展，让琪达生产和知名度迅速上升。20世纪90年代初，琪达衬衫专柜遍布川内外数百家商场，版图覆盖了中国西南、西北众多城市。专柜销售承接了琪达日益增加的生产产能，也让琪达这个品牌走入千家万户，极大地扩大影响力。而专柜销售模式火热也直接推动了琪达搬迁新厂，建立了西南地区最大的衬衫生产流水线。

专柜销售给琪达带来了巨大发展动能，推动着琪达向前跨了一大步，但变革时代，没有长久不变的优势。

春风浩荡，时序演进。

转眼间，改革开放经过了十余年，中国社会发生翻天覆地的变化，市场经济大潮下，私营经济蓬勃生长，各种新的经营形式层出不穷，而国有商场渐渐走上落寞之路。

曾一度受服装企业热捧的商场专柜，慢慢显现了诸多问题，最大的弊病在于商场"场租"抽得太高。"抽场租"是当时商场的主要经营方式，给你划定一个区域，按面积核定每月的销售额，不管实际卖了多少，每月都按既定的销售额抽15%—30%的场租费，这对于近三百家专柜的琪达来说，无疑是个巨大的资金压力。而且，进入90年代，商场遍地开花，使得商场间竞争增大，加之其他服装专卖市场也逐渐兴起，使得商场内的人流量、购买力江河日下，专柜的销售也随之日渐萎缩。

专柜的效益在降低甚至亏损，每月的场租却一分不少，多年来靠商场专柜销售而发展起来的众多服装企业，都感到了前所未有的压力。

彭家琪的压力更大，从销售部门统计的销售趋势图可以看到，琪达专柜的销售业绩几年一路下滑，丝毫没有停止的迹象。

谁也不曾想到，当年堂而皇之、风光无限的专柜销售，似乎行到了水穷之处。那么接下来的问题是，如果不做专柜销售，那什么销售模式能支撑琪达继续发展？

1992年的一天，心事重重的彭家琪从成都人民商场的专柜出来，在眩目的阳光下，他抬头看见对面肯德基店里排着长队，突然来了灵感：我们的服装销售为什么不能像肯德基一样做成一个个自己的连锁店呢？在这一思考的启发下，彭家琪开始了琪达"专卖店"的创新开拓。

彭家琪参考了其他行业连锁店的做法，聘请专家团队一起为琪达品牌专卖店设计了琪达专卖店的经营模式和流程：专卖店统一产品的外包装和店面装修风格——厂里直接供货——全新联营托管运营模式——经营者出店面——厂里出货源——先销售——后结算。经营过程中，经营者可根据本地销售行情，随时自由退换货。无需加盟费，还可以享受扶持开店的让利，推广团队在各地招商时，虽一路奔波，十分辛苦，但每次商谈都满载而归。

琪达率先开办了国内首家连锁型的服装专卖店！惊动了四方商家前往考察、争相签约。经过几年的市场开拓，到1998年时，琪达专卖店已经遍布四川、重庆、广西、甘肃、陕西、云南、贵州等西南、西北各地，数量达300多家，琪达奠定了走出四川的一大步，为走向全国夯实了基础。

琪达连锁店网络的建立，开创了服装除商场销售外的一种新的销售模式，让琪达从单一的商场销售变为商场专柜和专卖店同时销售的模式，给琪达产品的销售带来了可以自己掌控腾挪的空间。

◎ 专卖店，书写传奇

达州姑娘何冬霞参加工作的时候，正值琪达开始撤离商场专柜，转向琪达专卖店销售。2001年，因为工作认真负责，何冬霞被委以重任，成为成都地区专卖店片区经理。她至今仍清楚地记得，上任成都之前，彭家琪带着她一家一家地跑各个商场的专柜，把琪达在成都所有的专柜跑了一遍，给她一一交代这些专柜的去留。

那是一个充满朝气的年代，何冬霞当时手下有30多个专卖店销售人员，都是从德阳过去，年龄相仿的姐妹，一起租住在成都人民商场附近的两套房子里，工作上相互支持，生活上彼此照顾。

琪达在成都设了一个中转库，一个保管负责给各个专卖店配货。但各个专卖店的姐妹们往往等不及调货，而是骑着自行车，飞快地来回店里和库房亲自去拿，每个店都是销售提成制，姐妹们的积极性非常高。那是一段非常美好的时光，姐妹们感情很好，每个店的销售业绩都非常不错，每个人的目标和梦想都那么朴实又那么真切。

琪达的专卖店在全国遍地生花，经过几年的发展，琪达衬衫、琪达服装也开始真正走向全国市场，像何冬霞一样的销售姑娘近千人。而琪达所率先开创的专卖店销售形式，一时间也被国内服装厂家纷纷效仿，众多全国知名的服装专卖店如雨后春笋般生长起来，至今仍是很多服装企业销售的重要方式。

专卖店与专柜虽只字之差，但销售模式却大为不同。以前的琪达专柜只卖琪达衬衫，但开设琪达专卖店，只有衬衫却不行，店里货品如果太单一，不仅对顾客吸引力不够，也算不过经济账，这和肯德基不能只卖肯德基汉堡是一个道理。

于是从专柜到专卖店销售模式的转变，倒逼着琪达跨上一条更加多元化的生产模式——衬衫、西服、大衣，甚至裤装都得给专卖店配齐。同时，既然是琪达专卖店，所以不能买别个品牌的商品来搭配，而是所有店里商品都得自己生产。

正是因为这样的形势倒逼，抑或机遇引发，琪达不得不突破自己擅长的衬衫领域，涉足更广阔的成衣制造，走上了一个新的台阶。为此，琪达引进了西服生产流水线，并聘请国外著名的西服制作专家到厂指导。现代生产流水线的投产、涉足更广领域的服装生产，标志着琪达向现代化生产企业的重大迈进。

"发展中的问题要靠发展来解决。"这句话道出了突破困境的方向，就是向前寻求问题的解决之道，而不能退回到过去。从专柜销售的困局中，琪达坚定向前突破，蹚出了一条专卖店销售的新路，这条新路将把琪达带入一个除了衬衫外的更宽广的发展空间，也必将成就琪达的规模化流水线生产，成为琪达发展历史上的第二次重要的战略转型，正是因为这次转型，为后来琪达成为全方位的服装定制大企，奠定了技术、人才和管理上的重要基础。

第二章 风雨跨越

浴火新生

◎ 琪、达际会

"琪达"这一名字,来源于琪达的两位缔造者。"琪"是彭家琪,"达"是陈秉达。陈秉达是琪达历史上绕不开的人物,是"琪达"这一品牌唯二的创始人。

改革开放的初期,是创业者们风云际会的好时代。无数中国民营企业家创业时的美好相遇在这时发生,众多中国民营企业的宏图远志也肇始于斯。

1984年,因为中江县杂技团解散,原中江县杂技团乐队职员陈秉达被分配到中江县百货公司布匹组卖布。

那个时候,彭家琪的服装事业也从个人小作坊迈上了一个小台阶,刚刚成立中江县飞燕服装厂。因生产需要,彭家琪常去陈秉达那里买布,一来二往两人熟悉起来,每次都聊上一会儿,彭家琪觉得这个和自己年龄相仿的年轻人非常有见识,对企业的经营管理也很有想法;而站柜台的陈秉达也觉得彭家琪踏实能干有冲劲,前途可期,两人越聊越投机,最后决定一起干。

1985年,陈秉达辞去百货公司的工作,加盟了彭家琪的企业,两人成为合伙人,共同管理服装厂。

陈秉达的加入,对刚刚建厂的彭家琪而言可谓是如虎添翼。彭家琪果敢精进,行事大刀阔斧。陈秉达思虑缜密,认真谨慎。两个人的搭手,无疑给新成立的"飞燕"的发展注入了新的活力。

陈秉达刚一到"飞燕"就给整个企业带来了巨大的改变,这让彭家琪极为叹服,很多年后每当提起一段往事，彭家琪还是对陈秉达不吝赞叹。

一到"飞燕"，陈秉达就发现彭家琪在收支账务上很随意，缺乏财务管理制度。就对彭家琪说，我们要好好办公司，首先就要建立规范的财务制度，要按规定配备财务、出纳、会计人员，我们两个负责人都不能碰钱、不粘物。陈秉达说两个人当老板要这样，一个人当老板也要这样，而且只有这样，企业才会干得好。陈秉达的建议给了彭家琪很大的思想冲击。众所周知，认为公司的"包包"就是自己的"包包"，是不少创业者的通病，因缺乏规范的财务管理制度，最后逐渐走向寂灭的民营企业何其多也。陈秉达的进入为"飞燕"扫清了财务管理上的隐患，为日后"飞燕"变身"琪达"，进入更良性的发展打下了坚实的基础。

独自创业多年的彭家琪终于找到了事业中重要的合作伙伴，两个年轻人几乎每天都会在一起聊企业的发展、企业的未来，一起交换思想，头脑风暴，发誓要把企业做好做大。对于一个创业者来说，找到一个志同道合的创业伙伴，无疑是件幸运而又幸福的事情，对于陈秉达和彭家琪来说，那是一段激情燃烧的岁月……

集中精力，为企业建立起一套财务管理制度，并设立专岗专人后，陈秉达又开始探索建立严格规范的质量管理制度。陈秉达认为质量好坏将是服装企业成败的关键，这是企业发展的另外一个"牛鼻子"。刚进入服装行业的陈秉达，为此买回书籍，学习钻研服装的质量控制，开始在实践中建立一套质量管理的规章制度，这成为琪达质量管理体系的雏形。

陈秉达的加入，让"飞燕"经营管理水平大为改观，企业得到了迅速发展。1989年，陈秉达与彭家琪都一致认为琪达的技术落后了，开始讨论如何提升制衣技术。当时的上海开风气之先，是中国服装行业的桥头堡，彭家琪心向往之，于是提出去上海学习，陈秉达非常支持。彭家琪上海学习回来之后，提出要进行手工缝纫机向工业缝纫机的改革，陈秉达也坚定地支持，两人开始筹措资金置办工业缝纫机。正是陈秉达的坚定支持，让琪达从手工制造转向了工业化生产，极大提升了琪达的产能，这最终成就了琪达发展历史上的一次重大跨越。

陈秉达除了在企业发展方向上与彭家琪有着一样清晰的眼光，在企业的内部管理上更是兢兢业业，认真细致，克勤克俭的风格给彭家琪留下了深刻的印象。

彭家琪至今记得与陈秉达发生的第一次矛盾。1986年，彭家琪经常去推销、送货，因为要给客人验货，就会经常开包然后再打包，有时手都磨出了血泡，疼痛难忍，于是彭家琪在成都染坊街买了一个打包机，当时一个打包机要28块钱。回去报账的时候，陈秉达就非常生气，觉得这么贵的一个机器为啥子要买，为啥不能自己动手。为了这个事情两人第一次吵了一架，彭家琪感到委屈，买打包机也是工作需要，怎么就不行了？但是彭家琪从内心还是很认同陈秉达这种节俭办厂的品格，当时仍在艰苦创业时期，陈秉达希望把每一分钱花在刀刃上的勤俭办厂的作风对彭家琪影响很大，这种勤俭的风格也是琪达能够成功的原因之一。

陈秉达不仅给彭家琪带来了规范的管理理念，还带来了琪达早期发展另一个重要的人才，他就是在很长一段时间里被称为琪达"三把手"、为琪达早期发展作出重要贡献的张宇澍。

1986年，陈秉达向彭家琪推荐曾同在中江杂技团的共事过的张宇澍到厂里当质检员。彭家琪当时持怀疑态度，以为陈秉达在感情用事。陈秉达看透了彭家琪的心思，于是给彭家琪讲了一个故事——

那时候陈秉达和张宇澍都是杂技团员工，私下是亲戚也是朋友，在陈秉达眼里，张宇澍是一个正直无私得近乎不近人情的一个人。张宇澍一直在杂戏团做后勤管理物资，1985年杂戏团要关闭了，陈秉达在张宇澍手里借了一个榔头忘记了归还，张宇澍硬是跑到陈秉达家里把这个榔头要了回来，归还给了杂戏团。他认为那是公家的东西，在他手上借出就必须要在他手里还回去。

陈秉达讲完这个故事，就问彭家琪："你说这种人能不能用？"彭家琪叹服不已，连说能用。

张字澍在中江办厂初期的贡献功不可没。那时候彭家琪和陈秉达主外，张字澍就主内管理生产。他以身作则，严格遵守上班纪律，把厂里的事管得井井有条，为彭家琪和陈秉达在外的业务拓展创造了良好条件。

刚进厂的时候，张字澍对服装质检员工作一点都不懂，但是他非常认真地学习、专研，从一个外行迅速转变为一个非常专业的重要管理者。张字澍出色的学习能力，加之严谨的工作态度让他在建立营销队伍和生产管理班子的建设中发挥了重要作用。在琪达从中江县迁厂到德阳城区的过程中，张字澍更是表现出高超的管理协调能力，一个工厂的搬迁是千头万绪的大工程，张字澍全程策划和组织实施，一丝不苟，缜密高效，用最短的时间完成搬迁，并迅速投入生产工作，让很多人为之叹服。

从 1986 年加入琪达，到 2001 年第一次退休离厂，15 年间，张字澍在工作期间都是从严要求自己，做事严谨认真，甚至使人觉得苛刻。在管理上不怕得罪人，他当时发现很多员工下班顺手把装大衣的包装袋拿回家装东西，门卫也不管，似乎大家都在做的事情就只能放任自流。张字澍严厉斥责处罚了门卫，责令所有拿了公司的包装袋的员工将包装袋拿回公司，他一个一个过问，并对这些拿了包装袋的员工进行了罚款处理。

张字澍在琪达的公司管理制度的建立和执行上立下了汗马功劳，起到了决定性的作用，奠定了琪达良好的企业管理基础。

2003 年底，琪达重组以后，彭家琪觉得张字澍对生产管理非常熟悉，希望他能再回琪达帮助琪达渡过难关，于是再次聘请已经退休的张字澍回琪达工作，继续担任常务副总经理一职。在此后五年的工作中，张字澍依然尽心尽责，帮助琪达培养了一批管理人才，这些人才成为后来琪达优秀的生产干部和行政干部，成为琪达行稳致远的人才资源基础。

多年后,彭家琪提起张宇澍时,情深意切,字字充满感激——

"张先生在琪达的这么多年,为琪达付出了很多,做了很多贡献,特别是为公司的管理体系的建立立下了汗马功劳,是琪达名副其实的功勋人物!"

"琪"和"达"的相遇,无意间契合了"美好通达"的良好意喻,在那个春风昂扬的时代,在那段激荡燃烧的岁月,两个志同道合的创业者,惺惺相惜,共同书写了一段奋斗的青春史,也共同缔造了一个琪达品牌,而早期的开创者和重要管理者,也将不同的个人品格注入到琪达成长的基因里。

"如果没有陈秉达先生,就没有今天的琪达品牌;没有陈秉达先生的鼓励、支持和信任,可能琪达也没法做到这么大规模。在琪达的发展历程中,陈秉达先生立下了不可磨灭的功劳。"这是彭家琪多年后对曾经的合伙人陈秉达的评价。

◎ 分 家

2002年6月11日,《华西都市报》财经版面上,"琪达分家"四个硕大黑体字的标题赫然醒目。报道说:"四川著名服装企业琪达当家人分家……无'达''琪'将如何?"报道上方配以一张照片——彭家琪身着衬衫,单系领带,手搭栏杆,直视前方,神色凝重,目光里若有所思……

1985年,彭家琪与陈秉达结盟。17年来,彭家琪和陈秉达一个主外,一个主内,荣辱与共,一起克服了一个个难关,把琪达带入一个个更高的发展阶段,而二人融洽的合作关系也一度成为民营企业合作创业的楷模。

和很多合作创业的民营企业家一样,当企业发展到一定规模的时候,涉及管理和经营理念上的差异逐渐出现。这种差异往往是难以调和的。

1995年7月，琪达从中江迁厂至德阳凯江路，以此为契机开始了第二次跨越发展征程，业务从衬衫拓展为西服、大衣等更广的制衣领域，同时琪达专卖店在全国遍地开花，最多时达到300家。快速发展，给琪达带来了很多一时难以解决的新问题：存货越来越多，账面上的资产很大，资金周转却越来越紧，效益越来越差，管理上也呈现出诸多问题。

而彭、陈分家之时的2002年，这些问题越积越大，两人在企业管理和经营上的分歧也越来越大，越来越难以调和，这些分歧没有对错，是思考的角度各不相同使然。

早在前两年时，彭家琪意识到企业发展上出现瓶颈，是在经营管理和企业发展的方向层面，于是开始参加一些正规高校专门针对企业经营管理的学习班，试图通过企业管理知识的学习，辨明方向，找到化解问题之道。确实，借鉴和学习是彭家琪的擅长，从中江小厂之时到上海学艺获得"上海技术"，到建立专卖店时对肯德基的学习，彭家琪始终相信，当遇到自己无法解决的问题时要努力向外部探索。

经过持续几年跨越几个高校的学习，彭家琪获得了现代企业管理的启蒙，逐渐看清了琪达诸多问题的原因所在，大张旗鼓推行改革。比如在销售上多种方式清理库存，迅速把存货转变成现金，让企业轻装上阵；在人事上打破以前的班子规模，培养人才、建立现代管理团队、建立"6S"管理体系……

但这些遭到了陈秉达的反对，出于各种审慎的考虑，陈秉达并不赞成这种大刀阔斧的激进改革，认为打折清理库存会影响品牌的形象得不偿失，而对公司管理团队的改革也过于冒进。

这是两人有史以来面临的最大分歧。一时间，两人谁也说服不了谁，而随着企业问题的积累，分歧也越来越大，越来越多，终于，"琪"和"达"不可避免地走向了分家。

但分家，不管怎么分，对琪达来说都是一场巨大的打击。彼时琪达已成为四川乃至西南地区最大的服装企业，琪达品牌早已蜚声全国。琪达这个四川杰出的服装行业代表，能否在这次分家风波中挺过，这个家怎么分？分家后琪达何去何从？琪达那么多员工如何去留？尽管彭家琪和陈秉达面对媒体时都表现得非常平静，但社会各界都为琪达捏着一把汗。

出乎人们意料的是，犹如风暴的中心"风眼"，分手期间的琪达公司内部却非常平静，一切都和平常一样，正常生产，按时交货，连客户都察觉不出琪达正在经历"分家"的阵痛，而这正是彭家琪与陈秉达二人展现出来的高明之处和人性之美——尽管走到了"分家"的地步，但两人对琪达的情感却都无比真挚，都深怕这个"儿子"受到更大的影响。

为了避免造成对企业更为不利的影响，琪达的"分家"就在这种"正常气氛"中迅速完成。由陈秉达设计了两套方案，一是继续经营琪达，二是另谋发展，资产二一添作五，由彭家琪在两个方案中选择，这就像民间常说的"一人倒酒，另一人选酒"，倒酒、选酒都没有话说。

彭家琪毫不迟疑地选择了第一个方案——继续经营琪达。

后来当媒体采访彭家琪，问他当时为什么选择了继续经营琪达时，彭家琪沉默良久，他说："我对琪达感情太深了……终身致力于研究服装是我的强项，也是我的夙愿！"

这次"分家"虽然看似波澜不惊，但是琪达人对自身的境况冷暖自知。这次一分为二的"分家"伤筋动骨，它是琪达历史上的一次重大变化，它让琪达一时陷入了前所未有艰难之境。

而且"分家"解决了琪达经营管理上的分歧，但并不能解决琪达经营管理中真实的问题。分家后的琪达，专卖店销售尾大不掉、库存积压成患、管理陈旧低效等诸多难题依然存在。彭家琪留住了琪达，也把这一大堆亟待解决的难题留给了自己。

◎ 艰难时刻

"分家"对琪达造成了很大的影响，一是分家时分走了大量现金，因生产规模迅速扩张本就紧张的资金周转，现在更是雪上加霜。二是以前陈、彭两人，一个主内一个主外，分工协作，现在两副担子一下全落在了彭家琪身上，让彭家琪苦于应对。另外，分家也造成了企业里一些员工人心浮动。

回想起"分家"后的困难情形，彭家琪曾用了"战战兢兢，如履薄冰"八个字来形容。为了度过这个难关，当时的彭家琪起早贪黑，全力以赴，每天四五点钟起床跑客户，日行千里，晚上拜访完客户后还要往回赶，以尽早回到公司处理公司生产管理上的事务。就这样，彭家琪在几个月里，以惊人的毅力，迅速理顺公司生产、内部管理的流程关键和细节，挑起内外两副担子，确保琪达在过渡时期的稳定。这段时间也让彭家琪深刻体察到团队建立和人才培养的迫在眉睫。

作为琪达的员工，何冬霞对当时的企业困难情形记忆犹新，有一件事情印象非常深刻。

琪达每个月在固定时间准时发工资，从没有迟过一天，如果遇到发工资的日期是周末，那就要提前到周五发。但是"分家"后的有一个月的工资，破天荒地晚发了几天，当时员工都觉得这也没什么，不就晚几天嘛，公司现在这么困难，大家都能理解。但是彭家琪知道这事后非常重视，亲自把琪达公司的诚信旗帜降了一半，在全公司大会上向所有员工鞠躬道歉。彭家琪把腰躬下去的那一刻，很多员工鼻子一酸，掉了眼泪。

这件事情对何冬霞的触动很大。何冬霞说，一方面所有琪达人都清楚公司这次是真的到了非常艰难的时候了，另一方面所有人又都觉得这样的琪达是值得跟下去，值得一直为之打拼下去的！何冬霞说："我不知道别人，拿我说来，如果公司有困难，即使几个月不发给我工资,我也不会走!"

"分家"后,维持琪达员工的稳定是琪达能重振的根本。

彭家琪在"分家"后并没有进行人员的大裁撤,很快,大家的情绪就稳定了下来。而同时,琪达的员工也没有一个提出离职,这是个很好的现象,一方面彭家琪向员工们传递了一种接续发展的确定性,另一方面也显现出了所有员工对琪达的感情和信任。

为了安抚人心,鼓舞士气,彭家琪还聘请了国内著名的企业管理咨询顾问团队,对琪达员工开展培训,鼓舞士气,并召开了一次全体大会,会议上,彭家琪总结了琪达过去发展历程,坦陈琪达现在所面临的困难、暴露出来的问题,分析了琪达要走怎样的路,为什么要走这样的路,为企业未来发展做出了重要的战略规划。这次会议是彭家琪在"分家"后,第一次与琪达所有员工面对面的诚恳交流,会议现场真诚感人,很多琪达员工泪洒当场。这次会议化解了"分家"后琪达员工的疑虑,极大地鼓舞了士气,也为下一步将要推行的改革奠定了人心。

◎ 二次创业

被改革开放启蒙的第一批民营企业家,行到 2000 年,普遍感受到了企业发展的巨大瓶颈,这瓶颈与其说是企业的,毋宁说是企业家自身的。始于 20 世纪 80 年代的第一批民营企业家们,没有接受过系统学习,他们怀着改变生活的朴素目的,投身商潮,在市场中磨砺、搏杀,粗犷生长,建功立业。但是随着企业的做大,经营环境的复杂,很多深层次的问题暴露了出来。而一个成功的企业家必须不停地在学习中增长见识,应用先进的管理理念,方能引领企业行稳致远。

爱学习、勤专研，是彭家琪从小养成的习惯，从拜师学裁缝到闯上海学技术，再到开专卖店学肯得基，彭家琪不断地通过学习借鉴实现自我提升，这是琪达能走到了今天的重要原因。如今，当彭家琪面临着企业出现的、自己一时间又无法解决的新问题时，第一时间想到的还是学习——再次走出去，向外寻求知识的力量，是彭家琪二次创业的开始。

从2000年开始，彭家琪开始报名参加了多个正规大学举办的关于经济和企业管理方面的学习。5年间，他抽出时间，辗转全国知名院校，近到四川大学，远至新加坡学府，从经济学通识、经济管理到企业管理，40多岁的彭家琪，重新坐回教室，如饥似渴，要补上他创业道路上所缺的重要一课。

在几年的学习当中，彭家琪的眼界被打开，对企业的经营有了全新的认知。其中，在四川大学和新加坡太平洋管理学院的两次学习，让他收获最大，成为他在琪达推行改革的理论肇启。

第一次重大收获，是2000年四川大学学习经济管理时，彭家琪弄清楚了经济学上两个重要的概念，即现金、现金流。这对彭家琪来说，是一场企业现代管理的启蒙。

四川大学经济管理课的学习，让彭家琪受到了很大的启发。逐步将学到的理念与企业经营管理相结合，在企业经营上尽量让积压的产品变成现金，以现金再推动企业的进一步发展。彭家琪将在四川大学的学习成果，结合自己多年的企业管理实践，形成了自己的一套企业管理理论，推动琪达向更高一个领域迈进。

第二个重要的学习，是2004年在新加坡太平洋管理学院的一次学习。在这次学习中，彭家琪对搭班子、带队伍和团队建设有了全新的理念。一位周教授说："一个企业家，你的境界有多高，你的企业境界就有多高，要培养人才，要培养超越自己的人才，搭建优秀的团队才是企业家的主要任务，什么事都自己干的企业家，他的企业永远都干不大！"

振聋发聩的话语，真实的管理实例，让彭家琪深受触动。他一边学习，一边在公司开始实行人才培养和团队建设的改革，就是从那个时候起，一批批有能力的人开始被提到了高层管理的位置上来，得以重用。事实证明，这样的改革为琪达后面的发展积蓄了大量的人才资源和动力，何其正确！

在人才培养和团队建设改革的同时，彭家琪推进公司改组和完善各个部门，初步形成了生产口、技术口、产品推荐一部、二部、三部等全新实效的部门，整个团队分工逐渐清晰，面貌焕然一新，琪达的现代化管理制度由此初步形成。

彭家琪后来回忆这一段通过向外求学，形成新的发展理念，并运用于企业改革实践的过程，将其称之为他的"二次创业"，这个词颇耐人寻味。

一个优秀的企业家能够看到企业暴露的问题，还能看到面对这些问题时自身的不足，并通过学习弥补这种不足，实在是难能可贵。毫无疑问，对于这种具有成长型思维的企业家来说，所有困境都是暂时的，且终将通过努力化为一次次成长的机遇。彭家琪正是这样一位成长型企业家。

◎ 跨越"第三道坎"

2003年1月27日，琪达公司2002年度总结表彰大会在秀水宾馆召开，大会的主题词是"实施科技兴企战略，形成核心竞争力，为跨越琪达第三道坎而努力而奋斗！"总结表彰大会会场布置得庄重而热烈，大会主题巨幅标语悬挂在会场四周。宽敞的会场座无虚席，全体琪达员工以无比激动的心情参加大会。

琪达的这次年度总结表彰大会受到了社会高度关注，时任德阳市委、市政府领导人也亲临现场，并亲自为先进集体和标兵颁奖。

年度总结会议，是总结过去、展望未来的会议，是鉴往知今的会议，而琪达

2003年的年度总结表彰会意义更为重大。一年来，经历了"分家"风波的琪达，面对曲折坎坷，逆境重重，是否已走出困境？在挥别过去、重新出发的节点上，又会有怎样的战略部署呢？

彭家琪铿锵昂扬的讲话回答了一切——

"2002年，公司经历了资产重组的严峻考验，确定了新的发展理念和目标，8个月来已经取得了显著的成绩，一个朝气蓬勃的现代制衣企业正在崛起。……琪达只有跨越企业发展中的第三道（管理）坎，不断地发展壮大，才能为每一个琪达人提供持续稳定的工作环境和收入环境，实现'我因琪达而富有'的理念，为社会作出更大的贡献！"

彭家琪的讲话，数次被激动的掌声打断。

彭家琪所说的发展中的"第三道坎"就是企业的管理坎。

在琪达2002年的年度会议上，有心人听出了彭家琪讲话的两层坚定的意思：一是我们走出了困境，二是我们将以此为契机，大刀阔斧地进行管理上的改革！

彭家琪从2000年开始，在一些高校参加现代企业管理的企业班学习，同时也使他有更多的机会接触众多优秀的企业家，和他们一起交流、探讨。这种走出去的学习，让彭家琪收获巨大，同时看到了当时的琪达存在的管理上的诸多问题，并利用所学，结合琪达实际，开始了琪达的企业内部管理的改革。

一是任人唯贤，建立了人才培养和提拔机制，大力培养人才、提拔人才。正是这一举措激发了琪达管理层的积极性，为琪达的后续发展培养了大量人才，形成了琪达管理的中坚力量。二是理顺生产经营的各个关系环节，重新建立和完善了企业各个部门，开创性地建立了权责清晰的全新实效部门。三是引进"6S"等管理内容，让整个生产管理更加标准化、规范、高效，大大提升了生产效率。

彭家琪化企业"分家"的危机为契机，大刀阔斧对琪达实行管理上的重大改革。这种改革，是现代企业制度在琪达的落地生长，让琪达成功跨越了"第三道坎"，更激发了企业的生机和活力,标志着琪达从"分家"阵痛中的浴火新生!

驶向蔚蓝

◎ 专卖店：从传奇到疼痛

琪达以跨越"第三道坎"为号召，雷厉风行地推行企业管理改革，让琪达安然度过"分家"后的危机，并重焕生机与活力。

但琪达当时所面临的一个突出矛盾始终无法彻底解决，随着专卖店的大规模扩张，琪达的库存越来越大，它让经营效益日渐萎缩，库存问题渐渐成为琪达发展的一个沉重的包袱。

如果要划分琪达发展历程中的销售方式，可以划分为地摊时代、商场专柜时代，以及琪达专卖店时代。都曾是应运而生的新鲜事物，也都有其生命力的局限。

1995年开始，因为商场专柜销售日渐暴露出难以克服的弊端，琪达开先河，另僻蹊径，自己在大街开店专卖，逐渐走上了琪达专卖店的销售之路。专卖店新颖的销售方式，深受顾客青睐，国内很多服装厂家也纷纷效仿，一时间服装专卖店成为中国城市的一道亮眼风景。

专卖店极大地播扬了琪达的知名度，成为了中国服装销售史上的一个传奇。同时专卖店销售模式也把琪达从单一的衬衫生产，带到了西服、大衣、裤装的多元化生产领域——这是专卖店销售时代的重大战略成果。

但成也萧何，败也萧何。

相比于专柜销售，专卖店对货物品类、规格、样式等要求更高。每个琪达专卖店，都是琪达的形象店，顾客直接对话的是企业。所以需要每个店里每个品种、每个规格、不同颜色等都要齐备，如果一个店里缺了一个种类，或者一个种类缺了一个规格，店里的销售、品牌形象都会受影响。要满足专卖店高标准、严要求，厂里就要保证各个种类、品类、规格的充足，甚至是冗余备货，以确保前方销售的顺畅。随着专卖店从几十家到几百家不断增多，大量的备货，逐渐形成了巨大的库存包袱。

对于堆积如山的存货，当时担任德阳专卖店店长的张敏至今印象深刻，她有一次去位于德阳凯江路上的厂里取货，走进库房，她看到各种衣服堆成小山，"整个三层楼都满了"，那种压抑和心痛，让她当场就掉了泪。

而大量的存货不但要保管，分类，还要负责调运，当时还没有大数据、智能分检，所有的工作全部由人工完成，工作繁琐、成本巨大。越来越多的存货造成了大额资金闲置，琪达的变现能力越来越弱，资金周转越来越困难。

仓库里堆满了产品，但是没有变成现金，账面上资产很大，但企业的发展却受到没有资金的重重制约，这些都是现金流没有及时变成现金所造成的典型问题。

彭家琪深知，现金流要变成现金，企业才有活力，企业要高效发展，必须要尽量让账面上的资产变成资金，而不是变成包袱！

◎ 新时代的跫音

要甩掉库存包袱变现资金，轻装前行，在专卖店的销售模式下是不可能的！

爱因斯坦说过一句名言："一个问题不可能从导致它出现的层面来得到解决。"

同理，如果是专卖店销售模式导致了琪达的库存积压、包袱沉重的问题，那么，只要还在这种销售模式下，这个问题就是无解的。

但专卖店销售已经是当时最先进的服装零售方式了，而且还有那么多服装企业正在步琪达后尘，忙着开店。如果专卖店销售不适应琪达的发展了，那还有更适合、更好的销售模式吗？如果有，又是什么？

风起青萍之末，答案早现端倪。

在 90 年代中期后，随着专卖店的开设，琪达涉足西服、大衣、裤装的生产，一些对员工工作形象有特殊要求的机关单位找到琪达，请琪达为他们制作制服。一开始，这些量都不大，几十套，百来套的，利润也不高，琪达报着服务社会的态度接下这些活。随着时代发展，越来越多的机关单位找到琪达定制工作服，需求量也逐渐增大。

彭家琪也看到了这个增长的趋势，但是，这些需求只局限于一些机关单位，再怎么发展市场也太窄了。而且当时的琪达专卖店正在全国遍地开花，琪达几乎把所有精力都放在了保障专卖店的供应上，无暇它顾。

时代潮涌滚滚向前，往往会带来一个行业结构、生态的翻天巨变。

国门的进一步打开，经济的高速发展，使更多的中国企业面向国外，也让更多的外资企业走进国门。越来越多的大企业开始注重企业形象、员工形象，企业的服装团体定制需求，逐渐从国家机关单位走入了一些国家大型企业。这种变化由慢到快，从 2000 年起，中国服装定制的市场呈现逐年飞速增长态势。

2001 年，中国加入世界贸易组织，更进一步加快了与世界的经济融合，也极大促进了中国企业在企业形象上的觉醒，中国服装团体定制市场需求趋势陡然上行。

作为一直在市场前沿搏击市场大潮的琪达，敏锐地感受到这种变化。彭家琪没有贸然行动，先是进行了冷静的对比分析。他逐条列出了团体定制相对于传统零售的诸多优势。

首先，团体定制是接到单后的生产，根据接到定单的数量、品种来确定和购买生产材料，安排生产，生产好后直接交付客户。整个生产销售的过程不会产生原材料浪费，也不会留下库存。其次，整个生产销售过程目的明确，客户指向清楚，节省大量中间的流通周转和销售环节，让效率大大提高。

但是，彼时的琪达有些进退两难，一方面团体定制的业务体量尚小，独木难支；另一方面不断发展的专卖店，让琪达一时骑虎难下。彭家琪为稳妥起见，在生产销售上开始布局团体定制，同时逐渐缩减专卖店销售。零售和团体定制的"两条腿走路"的过渡性经营策略，稳定了琪达的持续发展，为战略转向赢得了时间。

但随后发生的一次重大事件，将彻底改变了琪达在团体定制上不温不火的节奏，将迅速把琪达推到中国服装行业新世纪的聚光灯下——

◎ 中标人民大会堂礼宾服

2000年7月的一天，彭家琪接到四川省委接待处一位领导打来的电话。

电话说："人民大会堂要做礼宾服装，你们知不知道？"

彭家琪回答说不知道。

"人民大会堂正在准备招标，选制作礼宾服的企业，我把你们推荐上去了……你们有没有信心？"

这真是个大好消息，兴奋的彭家琪连说："有！有！我们有信心！"

省委接待处的领导接着对彭家琪说，人民大会堂在全国各省选择制作礼宾服的企业，他们知道这个消息后，把全四川的服装企业排队梳理了一遍，最后还是觉得琪达是最合适的，于是向北京有关单位做了推荐。这位领导在电话里郑重地对彭家琪说："你们要想清楚哦，这可是全国人民聚焦的人民大会堂，你们这一去可就是代表四川哦！"

"代表四川！"这句话让彭家琪刻骨铭心。

其实，对当时全国服装行业的形势，彭家琪了如指掌。中国大的服装企业还是以沿海地区居多，他们是改革开放的"桥头堡"，得风气之先，在设计理念、管理理念上走在中国服装行业的前面；另一方面，沿海地区的产业链更为成熟，相比内地，它们有着更优良的发展环境。而琪达深居内地，虽然在服装行业多年深耕细作，冲出四川走向了全国，成为四川及西南诸省的服装企业代表，相比沿海的服装大企业，其规模和名气还是有着较大的差距。

但这是代表四川服装行业的一件大事，不管中标与否，重要的是要展现四川服装企业的质量、水平、风采和形象，不能给四川服装、西南服装丢脸！彭家琪暗下决心，要精心准备，全力以赴！

琪达很快接到了邀标通知书，投标的项目内容是衬衫和西服两类。彭家琪亲自挂帅，组成投标班子，仔细研究通知书要求，制定方案，制作打样。

2000年8月12日，彭家琪带着打好的四套西服、几件衬衫和领带，提前坐飞机赶到北京，住进了人民大会堂一侧的招待所。

在招标会举行的前一天，彭家琪以投标人的身份来到人民大会堂签到。接待处的一位领导问彭家琪是从哪里来的，彭家琪回答说四川的。

招待所房间狭小，只够放下一张很小的桌子，要在投标的前一夜把所有的样服和资料再准备一遍。

因为装箱，打样的西服和衬衫都被挤变了形，生出很多皱褶。彭家琪连忙跑到街上买了一个蒸气熨斗，在桌子上把打样的衣服一件件熨烫平整，房间里没地方挂，就挂在卫生间、挂在床边。做完这些已是深夜，彭家琪躺在床上，他仰望着头上悬挂的一件件衣服，安然睡去，如同睡在自己的生产车间里……

招待所离开标的会场并不远。第二天一早，彭家琪怕把衣服再弄皱了，就把整理好的衣服捧在胸前，捧向陌生而宏大的招标会场，他小心翼翼，像捧着一个刚出生的婴儿。

参加竞标的20多家企业把衣服挂满了整个评标大厅，他们来自全国各地，其中以江浙地区的居多，众多响当当的名企、名牌汇聚一堂。

在这 20 多家企业里，将要角逐出领带、衬衫和西服、大衣三家中标企业。

彭家琪来到了琪达的位置，把衣服整整齐齐地挂好。

整个过程非常正规。开标后，每家竞标者有二十分钟的自我介绍，叫作唱标。彭家琪亲自唱了琪达的标，唱标时彭家琪说："过去有人说我们四川不产服装只会养猪。我告诉大家，我们琪达做服装是从 1984 年开始的，到现在已有二十来年，国家领导人也到过琪达视察，鼓励我们做好企业……这一批衣服是我亲自设计的，我今天是代表四川全省服装行业来竞标，我们充满信心！"

彭家琪情绪激昂地说完，会场里响起一些笑声和一些掌声。听得出来，并不是很热烈。

各家唱完标、介绍结束后，评委开始打分，然后再仔细看每一家的样品，再综合打分，而结果要等到数天后再宣布。

竞完标，企业就都退场了，彭家琪也回到德阳。回来后他心里完全没有把握，因为当时的场面太大了，大牌林立，都一副势在必得的样子，琪达在里面是不起眼的小企业。但彭家琪回想起一个重要的细节，就是评委们在看琪达的样品时，专家们都面带笑容，因为琪达衣服是现场最伸展的，很多挂在厅内的衣服都多少有些皱褶，有些还不整洁，这是因为衣服在运输的途中难免会破坏原有的形状，他们没有像彭家琪一样进行第二次熨烫整理，更没有像彭家琪捧婴儿样地把衣服捧进会场……

几天后，彭家琪接到了北京的中标通知电话。接到电话的彭家琪，在那刻呆住了，开始是不敢相信，然后是欣喜若狂。

稍微冷静下来的彭家琪，马上想到，这件事要向上面汇报，于是先想起给工商局个私协会曾会长汇报，曾会长一听，激动地说："这是一件大喜事啊，赶快给市委、市政府汇报！"

当德阳市委书记知道琪达中标人民大会堂礼宾服的消息后，又马上给省委发了喜报，省委获知消息后又随即给德阳市委发来贺电，贺电说："我们热烈祝贺琪达在人民大会堂中标！"

好消息像长了翅膀，迅速传遍了德阳，传遍了四面八方。四川的服装，居然在人民大会堂力压群芳，拔得头筹，这么重要的好消息，应该做更大的宣传！于是四川省人民政府在成都召开新闻发布会。大会在成都喜来登饭店举行，省内各重量级媒体纷纷到场，省委、省政府领导，德阳市委、市政府，以及省市相关部门领导等都参加了会议。会场上传达了省委主要领导同志的贺信，贺信说，琪达在人民大会堂中标礼宾服制作项目，撑起了四川人民的脸面。第二天《四川日报》就以此为为标题，在头版头条进行了重点报道！

◎ 驶向蔚蓝

人民大会堂礼宾服的中标，极大鼓舞了琪达在团体定制方向上的战略转型，它标志着琪达把战略重心从零售转向了团体定制，从此，琪达驶向一片更加宽阔蔚蓝的海域。

接人民大会堂定单后，琪达尝到了团体定制的甜头，同时也看到了团体定制这一片广阔的市场。人民大会堂的中标，极大宣传了琪达的团体定制业务，也大大提高了琪达的知名度。很多单位慕名而来，要到琪达定制服装。彭家琪借此契机，迅速布局团体定制发展。2002年，琪达陆续关闭全国三百多家专卖店，将公司主要力量投入到团体定制的方向，这是琪达的一次重大战略转型。

但是琪达从零售转向团体定制，并不是一两次中标，或是一次战略部署就能一蹴而就的。十多年形成的针对零售的生产模式、管理方式、服务理念，都已难以适应新的团体定制业务模式。

从生产上来说，团体定制更为复杂。以前零售一个款式的衣服通常只有S、M、L、XL、XXL号最多六个型号，生产线上形成大流水，一条流水线一个型号成批地生产，便捷高效；而团体定制，一个千件订单里就会有上百个型号，生产上无法形成大的流水，工人生产更麻烦，效率也降了下来。从服务上来说，以前是销售完成后，基本不会有太多的售后服务。而团体定制，售后工作大大增加，而且还要做得细致体贴。同样，在服装的设计上，团体定制面临着一个业务里众多用户，体形、身高、喜好各不相同，要针对每个用户的需求进行生产，工作量的巨大可想而知。

团体定制的战略转型把琪达带向了一条全新之路，但转型必定是伴随"阵痛"的一个过程。琪达为了团体定制的宏大战略，从企业的销售、设计、生产、售后等各个环节全方位进行改革升级，以适应团体定制新的战略发展，这个过程考验着智慧和勇气，充满着艰辛和付出。

从2000年开始，经过几年的市场开拓和企业生产管理升级，琪达迅速成为真正的服装定制专业厂家，在中国服装定制行业站稳脚跟，冲到前列。中国国际航空公司、中国国家铁路集团有限公司、中国移动通信有限公司、中国邮政集团有限公司等企业相继成为琪达重要客户，琪达的团体定制呈现一片方兴未艾的发展态势。

团体定制的重大转型，是琪达生产、销售模式的升级。它以更高的维度彻底解决了困扰琪达多年的专卖店销售所带来的问题，迎来了一个大的发展机遇，而为了这一天，琪达从一个阶段跃升上另一个阶段，准备了20年。

回首射雕处，千里暮云平。

经过艰难的跋涉，经过风雨历程的跨越后，琪达终于从零售的"红海"驶向一片蔚蓝，在一个大时代的潮涌中圆满完成了一次战略大转型，一个崭新的未来正向着琪达缓缓拉开大幕……

◎ 1995年，琪达由中江搬迁至德阳市凯江路，成为我国西南、西北地区最大的衬衫生产基地

◎ 意大利吉尼亚原CEO、现公司西服工艺技术总监吉瓦迪先生在公司生产车间对西服制作工艺进行指导

◎ 2000年，琪达在人民大会堂礼宾服竞标中一举中标，四川省人民政府在成都喜来登饭店举行新闻发布会，时任省委书记谢世杰赞誉琪达撑起了四川的脸面

◎ 琪达零售时期,"琪达专卖店"曾开遍大江南北(左、右图)

◎ 2003年,琪达集团在秀水宾馆召开2002年度工作总结暨表彰大会

第三章　击水中流

跨越一场风雨洗礼，琪达踏上了服装定制的广阔大道，而这一新的领域必定会给琪达带来生产模式、技术及经营管理上的重大变革和升级。

察微知著，主动变革，方能胜于长远。以搬迁新厂为契机，从流水线生产到智能化生产升级，成为琪达继手工作坊到工业生产，工业生产到现代流水化生产后的第三次重大跨越，从"制造"到"智造"，数字的力量赋能琪达新领域的开拓，让琪达在"服装定制专家"的征程上越走越坚定。

而"客户至上，以行践言，守业创新、持续精进"的经营之道，在新的发展领域、新的发展时期被琪达人以行动孜孜实践，这种继往创新的企业文化迸发出的强大力量，护航企业中流击水，在市场的竞争中勇立潮头……

三次跨越

◎ "瓶颈"急需突破

1996年5月28日,时任中共四川省委书记的谢世杰视察了琪达公司。在了解了琪达发展的历程后,谢世杰书记感动了。他说"琪达真了不起,你们艰苦创业,由小到大,撑起了四川民营服装行业的脸面。希望你们努力奋斗,搞成全国大型服装企业。"同年11月30日,备受关注的全国县(市)经济改革与发展经验交流会在四川德阳广汉市召开,琪达公司总经理彭家琪作为民营企业家代表参会。在谢世杰书记推荐下,时任中共中央政治局委员、国务委员兼国家体改委主任的李铁映在会议期间接见了彭家琪,李铁映称赞琪达公司带领员工走共同富裕道路的精神可嘉,并与彭家琪合影留念和签名给予鼓励。

1997年5月21日,出席在成都召开的西南地区第八次财经工作座谈会的全国人大常委会副委员长陈慕华视察并鼓励琪达公司:"你们的产品已成为中国名牌,更要注重产品质量,愈是名牌愈要重视产品质量。"中央和省委领导的鼓励让彭家琪及琪达的员工们倍感精神振奋,德阳市委、市政府的关心和支持犹如春风化雨。琪达人撸起袖子加油干,力促可持续的发展,成绩斐然。

2000年2月22日,农历正月十八,刚刚立春不久的川西平原上绿意初现,生机盎然。在四川省委、省政府和德阳市委、市政府主要领导的陪同下,时任中共中央政治局常委、国家副主席的胡锦涛同志风尘仆仆地来到德阳,在德阳期间专程到琪达公司视察。行走在厂区的胡锦涛同志非常高兴，随和地与彭家琪拉家常，一句句勉励暖人心窝。这是一个很特殊的日子，这是新世纪第一个初春的一个平常的日子，而对琪达公司来说，这却是极为重要的一天。如今一走进琪达集团的办公大楼，就能看见当年胡锦涛同志视察琪达的大幅照片，照片上的胡锦涛同志面带微笑、和蔼可亲。

中国经济发展的巨轮在跨世纪的钟声中加快航速，国家以合作共赢的姿态拥抱整个世界，改革开放潮起潮涌，全球的目光都聚焦在中华大地上。伴随着改革开放向纵深发展，劳动和智慧的价值被得到了充分认可，管理服务水平的提高和企业经营体制的转变也在助力市场经济的良好发展。但随之而来，市场竞争也更加激烈。

消费需求的变化伴生着人们对生活用品档次和对质量的要求也在发生着变化。美国著名的质量管理学家约瑟夫·莫西·朱兰博士在谈及质量与企业发展的时候这样认为："20世纪是生产率的世纪，21世纪将是质量的世纪，质量是和平占领市场最有效的武器。"也就是说，企业所推进的品牌战略其实就是质量的战略，优胜劣汰是市场的铁律。

与其他行业一样，进入新世纪的中国服装业，同样呈现出了百舸争流大浪淘沙的态势。随着中国加入WTO，更多国外知名品牌的纷纷涌入，加之本就竞争激烈的行业，使得彭家琪和团队成员们压力倍增，他们更加真切地理解到了"挑战与机遇并存"这句话的深刻含义。为此，他们始终保持清醒头脑，主动作为，把质量第一落实到每个生产环节。全体员工始终保持着旺盛的斗志，使企业的运转一直维系着良好的状态。2000年，在人民大会堂礼宾服竞标中，琪达公司的西服、衬衫、领带一举中标；2001年3月，在最高人民检察院2000式检察服项目招标中，琪达公司从86家竞标企业中胜出，在外观、质量评比中名列前茅；2004年，琪达商标荣获"四川省著名商标"，同年，琪达牌各类服装荣获"中国著名品牌"殊荣……通过努力，琪达的经济效益也步步攀升，服装的产量、产值、产品质量等指标一直处于高位，口碑向好，一切似乎"风调雨顺"。

然而，面对那些羡慕的眼神和不绝的赞扬声，彭家琪却十分冷静。他一直都在考虑一个问题，那就是市场竞争异常激烈，我们绝对不能满足现状。如今许多厂家的对策新招不断推出，品牌战略成为同行们瞄准的目标，那么在未来，琪达将以怎样的后续实力在市场竞争中博弈并确保胜出？

就眼前来说，制约企业经营发展的不利因素已开始显现：面对一张张雪片般飞来的订单，一个个批量产品需求信息，彭家琪和营销人员们心中的无力感日渐增加：600多名员工，10余亩占地的工厂面积，即便是满负荷运转，其现有的设备、场地、人员及滞后的生产管理和技术水平都限制着自身的发展，越来越难以满足琪达所面对的市场需求。

琪达的发展卡在了一个瓶颈上；琪达的发展，需要再一次突破！

企业所面对的生产经营形势，就仿若一盘棋局，走怎样的棋路？从哪里破局？彭家琪陷入了深深的思索。

市场调查，谋划对策，研究分析……一场针对企业未来的布局在琪达管理层逐渐形成了统一：扩大生产规模，引进智能化生产体系，将现有的生产技术手段从现代化向智能化迈进，让科技赋予企业新的动能。

这是一次质变，亦是一次对企业家胆略、智慧和决心的考验。

只要路没有错，就不要怕远。布局已定，那么琪达人要做的，就是坚定的追求。既要在工作中注重实际而又不盲目冒进，在困难面前无所畏惧，一往无前。

琪达的第三次跨越正式开启，即从现代化生产跃升为智能化生产。按照这个思路，琪达要从三个方面入手破题，那就是扩产扩能、优化体制、引进技术。

◎ 一波三折的新厂选址

说干就干，没有拖泥带水，搬迁工厂的意见统一后，公司领导班子和相关部门迅速行动。在现有生产销售和市场扩展继续的同时，对于新厂建设的方方面面运作也同步开展。调研、考察、分析、比对……一条条信息在公司高层管理人员手中传阅，一份份详尽的资料摆上彭家琪的桌案，紧锣密鼓之中，一切都在有条不紊地进行。

经过筛选，琪达的目光，首先投向了成都市双流区的黄甲镇。这里毗邻西航港大道的中四段，地势平坦，交通便捷，周边的公路直接与成都市区、温江、双流国际机场连通，发展前景良好。在琪达与当地相关部门的一番努力下，土地使用的意向很快便基本达成，前期准备逐步展开。可接下来的进程并不顺利：拆迁遇到了很大的难题，工厂的建设难以推进。为此，彭家琪心中焦急万分，多次与当地方方面面进行沟通协商，力图解决问题并早日破土建设，当地的相关部门也做了很多工作，但矛盾仍然迟迟无法化解。怎么办？琪达好像又站在了十字路口。

坐等不是办法，于是彭家琪和公司管理层开始继续寻找适合建立新厂的地方。尽管信息不少，然而经过分析研判，真正能够完全满足扩产的思路并在短时间内建厂投产的却并不多。

建设新厂的前期准备工作似乎真的被搁置了。

"山重水复疑无路，柳暗花明又一村。"就是在这个时候，彭家琪注意到了德阳经济技术开发区的发展和布局。1992年成立的德阳经开区，经过10余年的努力，其发展速度、成果、运作模式引起了社会各界广泛关注。

这里有当地党委和政府的政策支持，所在位置交通便捷，发展空间很大……除此之外，公司目前的员工大多来自本土，乡情浓厚，在德阳本地修建新厂，并实现琪达所制定的目标应该是上佳的选择。一番深思熟虑之后，彭家琪对接下来工厂的选址有了新的想法，并开始了新厂建设选择在德阳的思路进行具体的分析和研究，当他将趋于成熟的方案公之于公司高层时,得到了所有人的支持。

在得知了琪达目前生产经营状况、产品的社会信誉及发展的思路后,德阳经开区非常支持,相关部门在对接、沟通、协调中,尽可能为企业考虑,办事效率很高。在政府的关心下,土地审批、供电供水等具体问题都很快得到解决。至此,琪达第三次跨越终于迈出了坚实的第一步。

琪达新厂建设的序幕也正式拉开,工厂新址最终定在了德阳市庐山南路三段31号。

◎ "无缝衔接"的搬迁

深谋远虑、做事果断,这是一个优秀企业家应有的特质。熟悉彭家琪的人都知道,这位琪达掌门人的工作特点是雷厉风行,在对所有的环节认真思考,并且有对策的前提下,一经决定,立即就付诸行动。

"5·12"汶川大地震突如其来,琪达集团的搬迁计划受到影响。特殊情况,是否需要按下"暂停键"?在集团公司高层的会上研究此项工作时,彭家琪一锤定音:工厂搬迁刻不容缓,各相关部门拿出方案,迅速启动。同时他还向集团公司的相关部门提出了总体上生产经营保持运作,力求"无缝衔接"完成搬迁的要求。也就是说,在工厂运作不受影响的前提下,搬迁工作要用最快节奏,最优效率完成,要一环扣一环进行,不能脱节。

保搬迁,保生产,这是当时集团公司从上到下全力以赴的事情。按计划搬迁的生产线员工,在前一个工作日下班后,将自己的东西打包,运送到新厂,生产设备也随即装运;设备装运至新厂,安装人员迅速行动进入安装和调试,生产工人赶到新厂时,首先在生产现场寻找自己的作业点位和设备,然后在卸车点找到自己的物品，在相关人员带领下，到宿舍安置。工人是这样，管理人员也是如此，搬迁前技术部的技术研发人员就整理好自己的办公用品和技术资料，统一行动，同时要求技术研发中心的员工们按照职责，在第一时间做好生产现场技术服务工作。就这样，当下一批搬迁设备和人员到达新厂时，前一批抵达员工已经在生产线已经开始生产了。

短短几天时间，搬迁工作结束，"无缝衔接"搬迁新厂的目标，在全厂员工齐心协力和统筹协调下顺利完成。

2008年5月，琪达公司实现了工厂整体迁址。新厂区占地面积和生产规模都大幅跃升。除第一批生产基地的新建车间外，产品研发中心、产品展示厅、员工公寓等也相继落成，新厂二期工程也同时展开。而集团办公大楼等设施的完善，已经是4年后的事情了，在生产基地搬迁完成后的4年多时间里，琪达管理层的办公条件十分简单，带头吃苦的是彭家琪。

迁址是实现第三次跨越的其中一部分，它只是工厂在引进智能生产技术和设备后提高产能的基本条件，而要实现智能化生产的质的跨越与升华，琪达需要做的还有很多。

第三章 击水中流

新科技之魅

◎ **而今迈步**

从字面上理解，科技赋能就是企业在不断发展的过程中，让高科技赋予产品更多更好的能效，提高其质量和水平。琪达在制订企业实现第三次跨越的战略时，将工厂搬迁扩产放在了第一步，与此同时，他们将视野拓开，紧盯服装业智能化发展的动态。彭家琪的思路很清楚：通过科技赋能，推动企业成功转型"智能化"，这才是三次跨越的根本目标。

为了实现这一目标，琪达一系列新的举措相继实施。

优化公司各部门设置，调整完善各项管理机制，以有利于企业在高科技、大数据应用环境下生存发展。敞开琪达大门，请进来、走出去，吸收新事物、学习新技能。2008年，经过慎重考虑，琪达集团开始与意大利服装企业联姻合作，请意大利的专家到琪达集团针对服装设计、技术、工艺等方面进行专业指导，让琪达技术人员开阔眼界，开拓思路。

彭家琪与公司班子成员达成共识。他心中非常清楚第三次跨越将给琪达带来什么，他非常重视实现这个目标的每一个环节，并且把每一次成功都作为新的起点。集团领导班子的成员们深信，砥砺前行必定会延续琪达的"传奇"。而跨越，需要企业干部职工全员转变观念，提升素质，学习掌握智能化生产的新技能。

路要一步一步地走。彭家琪和集团公司领导班子把琪达搬迁后的第二年定为"学习年"，提出了全年工作围绕"两个提升"的要求来开展岗位学习，即全面提升科学生产力，全面提升营销人员的整体推销能力。琪达决策者认为，这两个全面提升，是企业实现第三次跨越的必备基础。随着"两个提升"的扎实开展，实效显而易见。2009年，琪达部分智能化设备完成安装调试，员工初步掌握了新科技操作技能，年度销售额、毛利润率、产品合格率及能耗、销售费用、客户满意度、消防安全等指标均实现年度目标。

琪达，在工厂完成搬迁之后，第二年就实现了"开门红"。

◎ 支撑与跨越

引进意大利西服生产和管理技术并且逐渐与琪达相融合，新的生产技术应用和管理机制让企业发生着悄然的变化。产品研发部门对定制产品的生产工艺流程进行系统的改进后，公司处在了转型升级的一个关键节点。

而此时先进的技术支撑和技术服务，发挥了重要作用。

工厂搬迁到庐山南路后，琪达集团的技术部和设计所合并为技术研发中心，比较原先的两个部门，资源更加优化，主要职能更加明确，那就是紧紧围绕企业智能化的转型升级，扎实开展新技术的研发、应用、服务。琪达技术研发中心不仅是技术研发团队，也是技术服务团队。这个团队秉持着追求卓越的工匠精神和创业奋斗的企业精神，坚持不断创新，坚持服务生产，成为了企业发展的中坚力量。

智能化的推进，新技术的应用，新旧流程的更迭，涉及员工原有思维定势的转变，也会经历从"别扭"到"习惯"的阵痛。

工厂原有西服生产线的上下工序全靠人工传递，这种传统的方式，应用在西服生产上，流程过于复杂、工序编排困难、效率低下。

为此，彭家琪亲自率队前往上海，在杜克普代理公司购买了德国杜克普智能生产吊挂系统，以期改善琪达原有西服人工流水生产线工序中的传递功能。

然而，改造完成后在实际生产中发现，使用这套智能吊挂线不仅没有达到预期效果，反而把运行效率降低了，这是怎么回事？

症结很快找到了，原来生产车间在改造过程中，为了节约蒸汽管道改造成本，并没有按照原设计方案将熨烫工序站安放在新的吊挂流水线上，也没有同制定这套方案的技术人员沟通，造成智能系统运转不畅，导致生产流水线堵塞。

这件事情的发生给琪达人提了一个醒：无论什么先进技术，在引进后一是要根据自身实际进行系统的融入磨合，转化成适合本企业操作可行的实用工艺，让高新科技接地气，方能开花结果见实效。

问题原因找到了，集团公司总经理立即协调，与时任生产厂长的陈晓兰、厂职办的林秀清，以及林泉、莫勇明等技术研发人员进行工作沟通，共同研究，达成共识，并重新按照原设计方案进行安装，技术研发人员也下到生产一线，指导生产骨干熟悉操作技能和流程，再由生产骨干将其传播到生产工人之中。经过一番努力，改造后的智能吊挂线系统，不仅使生产线的效率比原来整整提高了30%，同时大大降低了一线生产工人的劳动强度。

智能化生产的新技术和新工艺，让琪达人尝到了甜头，也让接受新事物、重视新技术的概念在员工头脑中扎下了根。此后，技术革新、比学赶帮在琪达蔚然成风。借这个好势头，集团公司随后又设立了"技能大师工作室"，开展"西服专业培训""新设备原理及使用培训"。随之而来，便是思想观念日渐更新，技能素养大大提高。

琪达集团乘势而为，加大力度，用数字化、智能化高新技术来推动企业品牌战略。2017年，北京博维恒信科技发展有限公司一项光学三维扫描数字化技术产品的研究引起了琪达的关注。这个研究涉及教育、科研、航空航天、医疗生物、汽车工业、模具、影视动漫、服装、制鞋、文物保护等多个领域。集团迅速进行了对接引入，利用其工作原理，结合自身实际，开发了3D量体系统、e尺量体系统，制定出了《四川琪达实业集团有限公司e尺数字化量体技术方案》。这项技术开发成果从场景上分类，有适应店面的量体试衣间，适应大批量团装测量的便携式量体工具，以及适应小批量团装和高定的e尺。从功能上分类，有客户信息管理模块、智能量体模块、智能套号模块、自动分类统计模块、智能打版模块、订单系统等。

2021年春，琪达集团在服装业率先采用了e尺数字化量体技术。这个智能化数字系统解决了企业订单系统的电子录入、测量信息化等问题，可避免人工记录或者数据传递过程中的出错，让e尺接入客户ERP系统、订单系统，为客户服装测量提供极大便利。能够通过数字化将客户量衣尺寸进行批量的录入、保存和随时调整。同时，还降低量体师的工作量，大幅提高工作效率。

e尺数字化量体技术的开发和应用，使得琪达在服装的量体试衣技术方面走在了行业的前列，许多到琪达参观的人得知之后，都会兴致勃勃地站在试衣台前体验一番。

◎ 更上一层楼

智能化技术的应用和生产线引进，让琪达的实力大幅度提升，产品更为优质，在激烈的市场竞争中抢占到创新的制高点。

十年磨一剑。从2009年至今十余载，琪达集团咬定智能化转型升级的目标不放松。一路砥砺前行，百折不挠，终于赢得可喜收获。

2017年7月，由德阳市人民政府及雅安市人民政府主办、德阳市经信委和雅安市经信委及琪达集团联合承办的"创新·智造——琪达服装品牌研讨会"在四川德阳太平洋国际饭店召开，这是一次规格高、范围广的盛会，中国银行股份有限公司四川省分行、四川省农村信用社联合社、东方电气集团东方电机有限公司、中国工商银行股份有限公司德阳分行、德阳天然气有限责任公司、山东如意科技集团有限公司、四川省服装服饰协会等87个单位200余人参加了本次研讨会。研讨会上，琪达集团展示了航空服装系列、行政执法服装系列、金融形象服装系列等职业装，以及冬季羊绒大衣系列、户外休闲装等系列服饰，并通过3D立体的版型和精致质感与品位的相融，告诉了人们琪达在书写智能化发展篇章的同时，仍然续写着对品质卓越的追求，续写着对琪达服装的每一个细节中时尚风格的浸透，续写着琪达高档品质服装的韵味，也表达了琪达集团始终坚持传统工艺与现代工业相结合的理念。

随着企业的转型升级，琪达所引进、研发并应用的智能化生产体系逐渐涵盖了裁剪、缝纫和管理等各个环节。如今，包括其子公司四川琪雅服装有限公司在内的琪达集团，已经具有了年产高档西服50万套、职业装300万件（套）、精品衬衫150万件的生产能力。琪达，在智能化、大数据的新时期正大踏步向前。

"欲穷千里目，更上一层楼。"这是彭家琪的自我鞭策，也是全体琪达人自勉自励的共识。

经营之道

◎ 又一次独占鳌头

2016年7月20日,北京遭遇60年一遇的特大暴雨。大雨倾盆如注,持续不停,路上行驶的汽车如一只只扁舟在风雨飘摇中蹒跚前行。下午2点,某国家级检测机构办公大楼前,一个中年男子打着雨伞站在树下,一脸的焦灼不安。他脚上穿着拖鞋,手上抱着一沓资料,衣服裤子全打湿了。街上行驶的车越来越少,举目望去见不到一个行人。中年男子频频拿出手机拨打电话,却换来一次次失望的表情,电话那头始终无人接听。可是他却没有离开,一直在大雨中苦候。

"人家说度日如年,那天站在雨中的40多分钟,对我而言简直是度秒如年。"

中年男子名叫侯邦军,琪达集团副总经理,负责公司营销工作。那天他要参加中国邮政工服投标的面料、辅料等样品送检。原本与检测机构人员约好了下午两点见面,不想临出门前赶上北京特大暴雨。怎么办?与对方协商改个时间?绝对不行,投标前的送检非常重要,自己的一言一行都会影响对方对琪达公司的印象。琪达的信誉高于一切,侯邦军没有犹豫,在宾馆前厅找了把伞,皮鞋是没法穿了,跐着拖鞋就走出了宾馆。叫不到出租车,他只好一路冒雨蹚水而行,赶到检测机构时已周身湿透。打对方电话,无人接听。再打,依然如是。没有人出来接引,进不了机构大院的门,侯邦军只好悻悻地转身。环顾四周,也只有门前的那棵树下可以暂时栖身了。

两点40分，终于有来电，正是负责检测的那个人。

"不好意思，我刚才在开会，电话开的静音，会开完了才发现有7个未接电话。太忙了，一时间忘了和你约好了两点……"

"没关系，我还在大门口，资料都带过来了……"

侯邦军如释重负。

送检之后，第二天进入宣读标书环节。侯邦军清楚地记得，中国邮政工服的投标，光是宣读开标一览表，就花去了整整一天的时间。中国邮政集团是大型国有企业，公司网络遍布全国31个省（自治区、直辖市），拥有近四十万员工，服装招标品类众多，总标的金额达20个亿。此次招标，共吸引了全国各地大大小小312家服装企业参与。

唱标之后，是漫长的竞标评标过程。对于投标的企业来说，则是焦急的等待与煎熬。这期间，会有一些企业接到通知领走样品，这意味着竞标失败，可以打道回府了。侯邦军等啊等，一直等到最后一天宣布中标企业：第一家企业的名字就是四川琪达！四川琪达，在全国312家服装企业的竞标中勇夺冠军！那一刻，侯邦军除了兴奋激动之外，更有身为琪达人的自豪。努力付出后终于品味到成功的滋味，那是一种无与伦比的成就感和幸福感。

为什么是四川琪达——一家地处中国西南，创业之初仅仅投资3000元、只有7个人和7台家用缝纫机的一家裁缝铺发展起来的民营企业，可以在全国范围的大型公开招标中一次又一次独占鳌头？在它几十年由小变大、由弱变强的发展历程中，其秉持不变的经营之道是什么？

◎ 自我调高标准

一提到服装品牌，人们往往首先想到的是沿海企业。什么广货、海派之类，占据了服装行业的主流市场。很少有人会想到在西南，在四川德阳，还有一家现代化的服装企业——四川琪达，至今已昂首走过40年，名列全国服装行业百强、西部服装行业龙头、中国职业装十大领军企业。从原本一家名不见经传的中江服装小作坊，到如今发展壮大为高度专业化的职业服装团体定制企业，琪达人足以为自己感到骄傲。但又不仅仅是骄傲，骄傲背后，有太多外人不知的艰辛。

琪达这个品牌几十年屹立不倒，凭的是什么？两个东西：产品质量和服务质量，这两样东西一直贯穿琪达发展成长的全过程。无论时代如何发展，这两点永远不会动摇，只会精益求精，越来越强化。

琪达拥有一套成熟的质量控制体系，将全员质量管理、全方位的质量管理、全过程的质量管理落实在每一个细节之中。产品质量从源头开始，包括面辅材料的质量把控、供应商的选择、内部的工艺标准，甚至是产品的包装运输，都纳入全面质量管理体系。

总经理生产助理、厂长、技术研发中心主任莫勇明说，一件衬衫，可能国家标准要求试验800次，琪达会做1000次以上的试验；国家要求厂家试洗20次，琪达要试洗50次。对琪达而言，国家的质量标准仅仅是底线，琪达产品的各项指标远远超过国家标准，为的是让客户在实际穿着中能体现团体定制的优势。在市面上买的面料可能起毛起球会变色，那么琪达在面辅料的选择和生产过程中，会特别着意解决消费者的关注点，比如对服装的色牢度要求更高，毛料的裁剪、预缩等工序远超国家和行业标准，以此来保证客户对琪达产品质量的满意度。顾客洗涤后穿着不变形，衣服穿久了、穿旧了，舒适度也不受影响，不会产生缩水现象。一件琪达衬衫，即使面料都穿烂了，领子和袖口都不会起泡。客户定制的普通职业装，琪达都按照高档西服的标准来做……对同行来说没有必要做到的事情，顾客完全没有想到的事情，琪达人全都做到了。说实话，有些细节不必那么严苛，比如有一点轻微的色差，作为外行的消费者也看不出来，但琪达人从不将就。对服装行业领先的高质量的追求，刻进了每一个琪达人的骨子里。

琪达的质量控制体系包括产品现场的质量管理。通过应用自动裁床、智能吊挂系统等先进一流的设备和技术，产品的尺寸、规格和精度在全行业都处于领先水平，成衣合体度满意率很高。生产流水线长年如一日坚持自检、互检、专职检验和随机抽检的四检制。琪达对每道工序都有相应的检验措施，通过日常巡检和抽检，及早发现问题、解决问题，一次性地做好全程质量控制，产品出厂时，合格率达到百分之百，这为琪达产品在市场上赢得了高度信誉，赢得了客户的交口称赞。

◎ 销售从不打折

早期的琪达在城市各大商场开设专柜，与全国知名品牌的服装企业同场竞争，消费者都是精挑细选，产品质量不过硬，根本不可能赢得消费者的青睐，消费者在商场货比三家，最看重的就是品质。这么多年的市场竞争，既锻炼了琪达，也考验了琪达，质量控制体系建立根深蒂固。从董事长、总经理到每一位普通员工，质量控制意识深入人心。

琪达人谨慎于每个细微的步骤，执着于全面的质量管理推行，形成了人人参与、层层负责的质量控制体系。各部门各岗位互相配合，相互监督，共同构筑了琪达全面质量管控体系。无论客户企业大小、业务大小，均由董事长彭家琪署名书面承诺，直接向客户负责。无论多忙碌，公司高管始终坚持亲自巡视生产一线，执着于经营的诚信和产品的质量。"要想长期赢得客户的青睐，必须靠质量，拿质量说话！每一个岗位上的琪达人都是产品质量链条上的一环，不能因为个人的原因，砸了琪达的品牌！"胡富全总经理的话掷地有声。

琪达人曾提出，"营销是买，不是卖。"随着消费者越来越理智，竞争对手越来越精明，产品信息越来越丰富，产品同质化竞争愈演愈烈，只有站在消费者的角度，充分为消费者着想，这样的企业才会在市场竞争中取胜。为此，琪达不惜向顾客花费成本，买他们的满意和信誉度。一次，琪达发现有2000件衬衫尾线相差5%左右。产品已送到各大商场，也没有收到卖场的不良反馈。但从为消费者负责的角度出发，琪达公司不惜花钱全部收回。还有一次，琪达从一个厂家进了100多万元的面料，经打样后发现有起毛现象，琪达要求厂家及时换其他面料，而这个厂家却不认错。琪达把这批货一直放在库房里，一件不卖。表面上琪达暂时受了点经济损失，实际上却赢得了广大消费者的信赖。

在专卖店风行的年代，与许多商家不同的是，琪达产品价格从不打折。这并不是说琪达自视高傲，而是因为琪达产品在确定价格时，是按面料、产品质量、成本来定价，琪达的顾客群主要是高薪阶层及白领人士，他们的消费理念十分成熟和理性。动辄降价打折，这样的商品他们反而不信任。因此制定合理的价格，赚取合理的利润，就成了琪达销售额长期独占鳌头的秘诀。琪达的理念是，把客户的每一分钱都转换成十足的物质和百分百的精心制作与服务。琪达每年只计划生产100万件精品衬衫投放市场，从不多生产。限量生产保证质量，也是琪达的市场策略之一。

◎ 领先一步的差异化服务

面对激烈的市场竞争，建立最能适应市场变化的定制营销链体系，形成独特的

"126"经营之道："1"是一个品牌，即"琪达"；"2"是两个联盟，即原材料供应商和销售商；"6"即人才领先、质量领先、服务领先、成本领先、时间领先、营销领先等六大核心竞争力。琪达人秉承服务领先的发展理念，独创"三段式CS"服务体系，建立了规范的服务标准，规范售前服务、售中服务、售后服务和服务评估，使得琪达的服务模式成为不可模仿和替代的核心竞争力。

售前服务，即充分了解客户的行业特点和企业文化内涵，把握客户需求并进行沟通、设计、推荐及人体数据收集。售中服务，即1%—5%的小批量样衣试穿定型。售后服务，即变诉后服务为诉前服务，大批量送货时，服务工作人员跟踪蹲点，接受有可能出现的客户投诉及服务受理，使服务快捷、优质，到人、到位、到底。

琪达服务的独特性在于用心用情为客户提供差异化的服务，与同行业其他企业相比，琪达总是比别人做得更多，做得更先，做得更细。公司独创了"服装定制满意系统"，技术部门根据100余万个人体体形数据，归纳出380个人体规格，输入计算机人体体形数据库，使用时，只需将客户体形的36个点位净体数据输入计算机，就能找到令顾客满意、合体的服装模型。公司为每一位客户提供纽扣、拉链、线等备用品，以方便更换；对客户开展追加服务，比如顾客怀孕后服装变得不合体，琪达服务人员会进行相应的追加处理。公司提出了"服务品牌化"的理念，不再单是企业品牌化、产品品牌化，还要做到服务品牌化。琪达建立了专业的服务团队、专门的服务体系、专门的组织机构、专门的服务考核评价体系，甚至对供应部也要求提高服务质量，琪达拿钱买东西，也须注重树立琪达的品质和形象。

不同的客户不同的行业，对职业装的要求是不一样的。琪达根据企业要求对客户进行量身定制，一对一服务，从款式颜色搭配到面料设计都精益求精，所以即使在市场低迷的情况下，琪达依然能持续发展，依靠专业的团队和周到的服务，使公司赢得了众多新老顾客，顾客收获的不仅仅是满意，更多时候，是为琪达细致入微的专业服务而感动。一路走来，琪达"一切以客户满意为中心"的服务受到了各方的高度认可。

◎ 艰苦卓绝的"巅峰测量"

定制团体服装的许多企事业单位，其分支机构往往是跨越数省，遍及全国，甚至分散在高山峡谷、边远小镇。琪达集团为此挑选技术过硬、作风顽强的精兵强将，通过严格专业化的服务技术和服务礼仪训练，建立了一支专业化的服务队伍。按照公司统一制定的三段式服务标准，以36点位、99.9%的精确测量、1%—5%的客户试穿定型和全天候现场蹲点服务的方式，对集中客户实行一站式到位服务，对分散客户实行到户服务。琪达人跋山涉水、风餐露宿，服务到了边远山区的银行网点、深山峡谷的电站、戈壁滩上的邮电所、青藏高原的铁路工程队，用真情演绎出一个个动人的故事。

西藏，其独特的雪域风光、神秘的宗教信仰让人向往。但高海拔及恶劣的自然条件，又让不少内地人望而却步。西藏公路局是西藏交通生命线的守护神，为西藏地区的国民经济和社会发展、为国家边防巩固和长治久安做出巨大贡献，它也是琪达团体定制服装的客户。其职工遍布西藏全域，包括阿里、那曲等条件非常艰苦的地区。还有一些地方是未经开发的无人区，相邻两县之间的距离长达几百公里。对西藏公路局每一位员工要完成一对一的现场测量，这在业界同行看来，几乎是不可能完成的任务，将耗费公司巨大的人力物力不说，甚至需要员工冒着生命危险去工作。怎么办？是知难而退求其次，让公路局员工自己上报身体尺寸，还是迎难而上，坚持一对一实地测量，以使琪达服装的合体率、客户的满意率尽可能接近百分之百？毫无疑问，一切以客户满意为中心的琪达人选择了后者。别的公司能做到的，琪达人都能做到；别的公司做不到的，只有琪达人能做到！为了服务好西藏公路局的制装任务，琪达公司抽调精干力量，组成赴西藏特别服务小组，为进藏做了充分大量的准备，为员工配置了防寒服、睡袋、氧气瓶等必要物资。

冷继坤是琪达公司一位年轻的帅小伙，也是客户服务部唯一的男士。身体结实的他，被选拔到进藏特别服务小组似，第一天进藏，他就到了海拔4000多米的日喀则，高原反应让他的身体一下子不能适应，晚上又住宿在海拔5000多米的珠峰大本营。他开始严重缺氧，不得不吸氧维持正常呼吸，一整夜根本无法入睡，那种痛苦他说他一辈子也忘不了。由于时间紧迫，第二天，他不得不一边吸氧一边坚持测量和记录，测量时身体必须下蹲，然后又站立起来，在高原缺氧的情况下，如此简单的动作很可能造成脑充血。但当时的冷继坤哪顾得到那么多，他心中只有一个信念，工作任务必须完成。于是，量完20个人吸10分钟氧气，就这样几乎是拼着命地坚持工作。西藏公路局的职工也被他的敬业精神所感动，向他竖起了大拇指。他对他们说这没有什么，这是琪达人应该做的。在西藏期间，冷继坤有时要连坐三天三夜的车，而且只有硬座，不能躺着睡觉，每天中午一两点才吃午饭，晚上回到酒店，还要第一时间把数据整理归档，实时传送给公司进行电脑录入。疲惫不堪的他，野外作业时克服了没有水、没有电、没有厕所的种种困难。唯有让他有苦中作乐的感觉是穿越了中国和尼泊尔的边境——樟木镇，第一次喝到了酥油茶，吃到了最正宗的牦牛肉。

相比而言，女同事经历的考验更为严峻。蒋红林记得，她进藏后的第一站是格尔木，当天就测量了300人左右，一天下来连好好喘气的机会都很少。第二天上工段，从海拔2000多米的地方直接到达海拔5000多米，是不怕苦、不怕累的琪达精神支撑着她，她的意志才没有被那毒辣的紫外线摧毁，即使面临嘴唇干裂、缺氧、头痛、失眠等重重困难，也没有压倒她完成任务的决心。她一个人在高原上，第一次知道了高压锅煮出来的米饭面条都是半生的，对着咽不下去的食物不知所措，每天只有靠喝酥油茶维持身体需求。在她的任务路线中，最高海拔达到5300米。当到达号称"死亡地带"的唐古拉山和号称"天下第一道班"工段时，一个坚定的意识告诉她：只有前进才能减轻痛苦，只有完成任务一切才会结束。

21天的测量任务完成后，特别服务小组的琪达员工都瘦了黑了，回到德阳后冷继坤发生了尿血的现象，持续很长一段时间才慢慢好转；蒋红林和几个女同事身体也出现异常，调理了好几个月才恢复。

这就是琪达的服务团队，为了让客户满意，达到了舍生忘死的地步！无论环境多么艰难，身为琪达人，心中的那份责任与使命感如信仰一般坚定。西藏，一个神奇的地方，世界各国的勇士在这里写下征服珠峰的奇迹；琪达人也在这片高原上书写了英雄般的奇迹，留下了德阳服装企业"巅峰测量"的史诗篇章。

◎ 人在囧途是常事

不只是在西藏，竭诚为客户一对一测量、精细化服务的琪达人，数十年来足迹遍布祖国的山水之间。他们或打着光脚板、或穿着黄胶鞋、或骑马前进，以应付各种路况。他们去到了崇山峻岭间的雅砻江水电站，深入偏僻山区的铁道边，见识过冰天雪地的川西山区，经历过一路没吃没喝又冷又困的煎熬。

2017年冬天，为了完成中国铁路系统的工作服量体工作，琪达需要在短短三个月的时间里完成10万人的量体工作。兰铁、昆铁、成铁，每条铁路线都有远离市区交通不发达的偏远地区。为了方便客户，琪达人不分时间、地点，每天加班至晚上九点仍然坚持工作。李英和同事负责达成铁路一线，他们的测量对象是那些长年露天作业的铁路养护人员，平时上班连个歇脚的固定场所也没有。李英和同事都是一路沿着铁轨步行，一个一个地找到工人做测量。一走就是一天，有的时候饿了找不到地方吃饭，困了没地方睡觉，三个女人就睡在铁道边上。这在电影里可能是浪漫情节，但对李英和同事来说，这种风餐露宿的滋味一点儿也不好受。她们提着鞋子赤脚行走在满是泥泞的乡间小道，长途跋涉转战一站又一站目的地，为铁路工人提供精确测量，试穿服装。达成铁路的领导和一线员工深受感动，他们说，没想到琪达人能把服务用户做到这样细致入微，不怕苦不怕累的牺牲精神实在令人敬佩。

经过辛勤坚韧的努力，李英和同事终于在最短的时间内圆满完成任务，拖着疲惫的身体登上火车，奔向下一站。

四川省综合执法定制服装是琪达 2022 年的开年大型订单，为了拿到这个订单，负责制作标书的何冬霞和同事熬了三个通宵，几天几夜没回家，累了就在公司准备的行军床上躺一会儿，因为有 30 个标包，就要制作 30 份标书，时间紧，任务重。送样衣那天，要求 9 点钟送到，琪达人早上 5 点就起床，早早赶到成都排队。拿到订单后，琪达人非常重视，由于测量服务涉及全省 300 余个地点，为了保证交货期，还是大雪封山天寒地冻的时节，琪达就开启了甘、阿、凉三州的量体服务。三州地区大雪封山，道路暗冰潜伏，琪达服务团队人员不惧山高路险，冒着冰天雪地深山峡谷行车前进风险，多次因为车轮陷入雪地无法前行，团队人员手刨大雪，徒手挖石垫车轮，在极其艰难的情况下坚持一步步向前。

◎ 从头再来，创造辉煌

民营企业虽然创办门槛低，但要生存下来，壮大下去，难如登天。琪达能在市场搏击中脱颖而出，从作坊式小厂精进成具有高端品质、保持稳健发展的集团公司，被业界誉之为传奇。

传奇企业，必定不缺传奇人物。比如现任总经理胡富全。他大学毕业进入国企，通过勤奋努力，扎实苦干，年纪轻轻便当上单位财务处副处长。正当他对未来充满无限的憧憬时，风云突变，单位破产解体，眼睁睁地看着手中的"铁饭碗"化成渣。33岁那年，他通过竞聘进入琪达，想的是干财务老本行，却意外成为业务员。要知道，在这之前，他从未跑过市场营销，对服装行业也未曾接触过，但他凭着不屈不挠的意志，从头开始学，硬是从门外汉逆袭成了行业专家，并一步一步成长为部门执行副经理，部门副经理、部门经理，2003年任集团公司副总经理，2010年开始任集团公司总经理。

胡富全对于自己在工作中取得的成绩很低调，他说："要说成绩和贡献，琪达的每个人都在做。至于我个人，是在和琪达一起不断成长、不断修正和不断提升。"

胡富全至今清晰记得第一次到琪达的情景，一场和彭家琪的对话改变了他的人生轨迹。

1998年6月1日，33岁的胡富全接到去琪达报到的通知。因为恰逢儿童节，他心里竟也充满了天真：凭借自己在笔试和实际操作，以及面试都遥遥领先其他应聘者的绝对优势，加上自己专职做财务的资历和经验，在琪达的财务部门谋个干部岗位应该没有问题。

偏偏就出了问题。彭家琪和胡富全聊了一会，突然拍着他的肩膀说："我看你更适合跑市场营销。"

胡富全惊愕万分："可我之前一直做财务，从未跑过市场营销。"

"之前是之前。"彭家琪语气很肯定，"虽然我们聊得不多，但你的思维和口才让我非常欣赏。经验告诉我，你是一个难得的跑业务搞经营的人才。就看你敢不敢信我，敢不敢换一个新领域从头再来，挑战自我。"

"敢！"

时隔25年，胡富全回忆当时的情景，已然想不起有没有纠结。唯独清楚地记得，那个"敢"字脱口而出时,他咬得坚定响亮。他说,琪达从中江扩展到德阳后,关于彭家琪创业奋斗的故事便广为流传,在他的潜意识里已经把彭家琪当成了崇拜的偶像,学习的榜样。

就这样,胡富全成为了销售业务办的一员,负责各地专卖店的监察管理工作,然后又成为销售二分部的一员。从国企干部到民营企业的普通员工,他心理还是有些落差,但他生性豁达,反过来想,他又觉得从零开始,才能焕然一新,更能激发潜能。

"说老实话,那时候跑业务真的好苦哟。"胡富全感慨万千。

胡富全进入琪达那会儿,琪达主要做零售服务,在全国各地成规模地铺展直营专卖店和授权专卖店。专卖店多了,盘存、核账等一系列的工作把人忙得像飞转的陀螺。

有一年冬天,彭家琪带胡富全去南充专卖店开会。由于公司的工作量大,忙到下午下班后,他们才从德阳出发。在南充给三家专卖店开完会,已经是半夜,但想着第二天还有很多事需要处理,他们不顾疲劳,又马不停蹄地折返。

天黑黢黢的,还下着浓雾,能见度极差。彭家琪开着丰田大包,虽然眼睛鼓得溜圆,车速也只有一二十码,但还是在途中遭一个沟坑的"暗算"。只听嘣的一声,车头往下一栽,紧接着又猛然翘起,好在车速不快,车蹦跳了一下,被彭家琪控制住,有惊无险。

"那时候琪达根本就没请专职司机。"胡富全说,"彭家琪非常低调,非常节俭。和他外出办事,但凡需要住宿,他都是选80元以下的标间。吃的方面,他也不讲究,有一碗川北米粉就高兴得很……不过,在提高生产经营方面,他倒是大气,很舍得投入。"

时光如梭,胡富全入职琪达四五年后,公司进入了一段风雨历程。琪达重组的关键时期,胡富全带领营销团队冲锋陷阵,他们经常挤公共汽车,一天跑七八家单位作企业推介宣传。不管是银行系统，还是电力系统，也不管是几十万还是几百万的业务，能拿下一个算一个。"从内心说，我和团队成员都很在乎并珍惜琪达这个平台，不希望它垮掉。"回望当时情景，胡富全深深地吸了一口气，眼里闪现着点点晶亮，"说来真是神奇，那段时间，整个人都像打了鸡血，冲劲十足。值得骄傲的是，有一天，我们上午在都江堰参加映秀湾电厂的竞标，现场有一个演讲环节，我亲自上阵，充分发挥语言表达优势，不仅感染了评委，在场的电厂员工也纷纷鼓掌，喊着"琪达，琪达！"成功中标后，我们又立即转战雅安，参加下午雅安电力公司的竞标，同样以绝对优势拿下订单……那天，回到公司，已经是灯火阑珊，因为振奋，久久不能入眠，站在窗边，望着天上的月亮，觉得好美好美。"

琪达没有辜负广大员工的努力和付出，经过重组后，焕发出了更加蓬勃的朝气。

"这就是忠诚和坚守的意义。"胡富全说。

老话说："路遥知马力，日久见人心。"正如胡富全相信琪达这个企业，相信彭家琪这个人一样，经过磨合与考察，琪达这个企业也相信了胡富全守正创新、廉洁奉献的职业操守，彭家琪个人也相信了胡富全的创造力和凝聚力。2010年，胡富全升任琪达集团公司总经理，多年来，他带领营销团队南征北战，至今仍冲在营销第一线。这样的相互相信，让彼此都释放出了更加倾情、倾力、倾心的工作激情，携手把琪达推向了高质量发展的快车道。

达州柴市街是达州地区最早的服装街，旺盛时期的名气不亚于八九十年代的成都青年路。特别是柴市街比成都青年路多了一层文化艺术的色彩，建有仿古式长廊，长廊红柱灰瓦，廊檐绘以草虫花鸟、山水各式图案，十分美观，吸引着熙熙攘攘的人流。在这条商业街上，除了有来自成都荷花池、重庆朝天门等西南地区主要服装批发市场的潮流新款，还有来自广州、上海和北京等地服装企业的高端品牌。当时琪达已经具有一定的实力和名气，要在柴市街发展一家专卖店可以说轻而易举。然而，为了保证琪达品牌的有效推广，维护品牌声誉，胡富全和团队没有轻易作决定，他们从街的这头走到那头，又从街的那头回到街的这头，对初步筛选出来的数十家服装店一遍一遍地进行比较，优中选优。头顶烈日走了几个来回，汗水顺着他们的头发滴在脸上，如同毛毛虫在爬。冰镇矿泉水他们喝了一瓶又一瓶，肚子里还是火烧火燎。但他们没有叫苦叫累。那段时间，胡富全和他的团队，走遍了巴山蜀水，对众多服装店进行了大量的调研和考察。

前些年，有些上门来的客户喜欢在酒桌上谈生意，为了把客户陪满意，胡富全不惜拿身体去拼，一周里总有几天喝得眼睛发红，脸色泛青。

彭家琪心疼他："和身体相比，生意没那么重要。"

彭家琪的夫人许志华也劝他："兄弟呢，千万不能再不要命地喝酒了。"

不喝咋得行啊？"胡富全无奈地叹道，"有些客户就喜欢在酒桌上看你的表现，觉得你爽快、实诚，才愿意和你签订单合同。"

彭家琪夫妇的关心和劝说，让胡富全感动不已，更觉得必须全力以赴才对得起他们，才对得起琪达千名员工。

好在这几年政治生态和社会风气都在不断好转，琪达招待客户一般都是在公司伙食团吃工作餐。应酬少了，胡富全也开始重视身体健康，烟已经戒了，酒也喝得少了……"

从青年到中年，胡富全把人生最美好的年华奉献给了琪达，他在琪达也感受到了人间最美好的知遇之恩，也谱写出了开拓进取、追求卓越的人生华章。

2023年，阳春布德泽，万物生光辉的这个春天，琪达集团成都分公司隆重成立。胡富全激动地说："很快，琪达也将迎来四十周年的大庆。说句心里话，在与琪达同行的路上，最大的喜悦不是付出得到了多少回报，而是一直可憧憬，一直有期待……"

时代荣光

◎ 真心英雄

彭家琪有一句口头禅，体现了这位男子汉的执拗："我一生只做好一件事，就是办好琪达。"

"办好琪达"，彭家琪率领他的团队四十年砥砺前行，笃行不止，他们做到了。

置身琪达集团荣誉室，一张张荣誉证书鲜艳夺目，一座座奖杯金光闪闪——

全国五一劳动奖状，守合同重信用企业。1994—1995年，连续两年荣获"中华精品衬衫"、中国驰名商标、四川省名牌、四川省著名商标、四川省名优产品；2018年，荣获四川省优秀民营企业；2019—2022年，荣获中国职业装十大领军企业，连续多年跻身中国服装行业百强企业称号；2019年，被授予西部个性化设计规模化生产中心，同年荣获四川服装行业智能化示范企业称号；2020年，获抗击疫情工作先进民营企业；2020年，公司技术研发中心荣获"中国服装协会2020中国职业装设计大赛"优秀奖；2021年，公司技术研发中心荣获全国工人先锋号称号；2022年，技术研发中心荣获"彩虹杯"天府·宝岛工业设计大赛职业装（工装）产品设计金奖……

琪达集团几乎囊括了一个企业所能获得到的所有奖项！

在荣誉室里，还珍藏着一幅幅党和国家领导人及省、市各届领导视察琪达的照片，以及领导们亲笔书写的对琪达集团勉励和褒扬的话语。领导们盛赞琪达集团锲而不舍勇攀高峰的奋斗精神，肯定琪达集团对中国服装行业的发展做出的卓越贡献，褒扬琪达集团在社会责任方面做出的巨大奉献……一家民营企业，能受到如此多领导的关怀和重视，实属罕见。

看到热火朝天的生产场面，你会惊叹琪达旺盛的生命力，甚而可预见琪达未来的光明灿烂；置身荣誉室，联想到彭家琪和琪达40年栉风沐雨、上下求索的点点滴滴，你又会心潮起伏。岁月不负有心人，天道酬勤，有志者事竟成。

女儿彭夕桐一次接受记者访谈时说："说起我的父亲，我非常崇拜和自豪。在一些人眼里，可能看到的只是他把一家裁缝店做成了一家现代化的服装定制集团公司的传奇，但我更懂他的不容易，仅我看到的，他曾急得几天几夜睡不着，累得吐过血……"

"谁并非天生就比谁强。我父亲的成功背后铺垫着几十年的艰辛拼搏和不懈努力。这些年，他仍然保持着孜孜不倦的求知欲。公司建成现代化流水生产线后，他多次聘请国外顶级西服工艺设计大师来厂指导。为了更好地掌握现代企业管理知识，他不断挤出时间去大专院校学习，先后取得了四川大学EMBA，西南财经大学EMBA学位，现在还坚持就读于长江商学院。在我心里，他是我的楷模，我崇拜的英雄。"

是的，这世间哪有什么随随便便的成功？彭家琪创造的一个又一个传奇，都是40年如一日，全力以赴地拼搏！他是真心英雄。

对，真心英雄。用在彭家琪身上，用在琪达集团身上，皆妥帖。

◎ 一言九鼎

企业的持续健康发展是管理者和员工的共同目标，而凝聚力和向心力是团结奋进的原动力。从创建琪达起，彭家琪就非常重视企业文化的建设，不断凝聚员工的认同感和归属感，激发员工的积极性和创造性。通过近40年的努力，琪达的员工队伍素质不断提高，形成了"琪达因我而强大，我因琪达而富有"的员工与企业命运共同体。

"以前，总觉得要去大厂，进事业单位或国企，才有出息。到了琪达后，才发现民营企业也可以春光灿烂，只要肯干，肯钻，进步的空间永远宽阔……"

"琪达虽然是民营企业，只要勤奋努力，一样可以当上技术能手，一样可以评上先进，一样可以进工会，入团，入党。"

不管是胡富全、周友梅、侯邦军等高管，还是刘琼花、刘秀华、李佳林等生产工人，都在琪达找到了适合自身成长的位置，说到与琪达的缘分，满是自豪感和荣誉感。

办好琪达，是彭家琪一生的追求，落实到员工福利方面，彭家琪说："最起码的，必须让员工老有所养，病有所医，住有所房。"

彭家琪不玩虚的，他用实际行动诠释了什么叫一言九鼎。在承担社会责任方面，更是竭尽全力。不管是"5·12"大地震为灾区捐款捐物，还是为300多名受灾群众免费提供食宿，抑或在"4·20"芦山大地震后，第一时间援建琪雅公司，琪达都用实际行动彰显了大义担当。创建琪达后，在用工方面，始终敞开大门，即便学历不高，没有工作经验，身体有残疾，只要有上进心，琪达都欢迎，通过各种形式的培训和练兵，使员工的个人能力和素质随着企业的发展而成长，把人尽其才发挥到极致，不断推高员工与琪达的相互认同感。

◎ 硕果累累

爱迪生说过："我始终不愿抛弃我的奋斗生活，我极端重视奋斗得来的经验，尤其是战胜困难后所得到的愉快，一个人要先经过困难，然后踏进顺境，才觉得受用、舒适。"

从千元创业的小作坊到现代化的服装定制集团，40年风雨兼程，40年上下求索，彭家琪和所有的琪达人从未停止奋斗前行的脚步，在经历重重困难磨砺的同时，也收获着成长和成功的愉悦。

2018年11月20日上午，为营造激励企业家干事创业的社会氛围，四川省促进民营企业健康发展大会在成都锦江大礼堂召开。省委、省人大、省政府、省政协有关领导、各市州党委主要负责同志、党委或政府分管负责同志、民营办主要负责同志、民营企业家代表、商协会代表、省直机关有关部门约2000人参会。

在这次大会上，发布了改革开放40年"双百"榜单，对四川省100名优秀民营企业家和100户优秀民营企业进行隆重表彰，琪达集团不负众望，荣膺"四川省优秀民营企业"。

彭家琪激动万分。更让他振奋的是，时任省委书记彭清华在大会上脱稿插入了一段即兴讲话，点名琪达："传统产业是不是夕阳产业？我说只要有人类就有服装行业，行业本身不会是夕阳产业，只有夕阳的企业。企业不搞技术更新改造，就会被淘汰，企业有生命周期，但是这个产业一定是长期存在的。琪达就是传统行业里面的朝阳企业，通过进行智能化的技术改造，建立量身定制的生产线，所有的衣服都是按照每一个人来量身定做的，这就是供给侧结构性改革的结果。琪达能成为中国服装业的百强企业，显示出了旺盛的生命力……"

省委书记当着那么多领导和企业家的面表扬琪达，彭家琪虽然万分激动却没有飘。他极其诚恳地表示："清华书记对琪达的评价，有力地鞭策和鼓励着琪达千名员工，我们为琪达获得'四川省优秀民营企业'这个称号感到光荣。我们要以全省其他优秀民营企业家和优秀民营企业为榜样，坚定不移地走继续发展中国品牌道路，将匠心与科技有效结合，更加行稳致远。"

成绩斐然，再低调，也会被瞩目。被评为"四川省优秀民营企业"后不久，彭家琪又收到了中共四川省委统战部、四川省工商业联合会联合发来的"四川民营企业庆祝改革开放40年盛会"邀请函。

这次会议的邀请函一改过去文件或通知的形式，采用了竹简印制，卷成筒，古朴庄重。竹简外套也非常别致，选用的是锦缎蜀绣，精美典雅。

12月7日，彭家琪精神抖擞地从德阳赶到成都。虽已入冬，一路上却不见萧瑟，银杏树金黄的叶片缤纷了街道。锦江大礼堂内，灯火辉煌，洋溢着欢乐喜庆的气氛。

盛会开幕前，时任省委副书记、省长尹力，省委常委、统战部部长田向利，省人大常委会副主任陈文华、省政协副主席陈放等领导亲切接见了参会的民营企业家代表，并与他们座谈。尹力代表省委、省政府对全省民营经济发展取得的成绩表示充分肯定。他说，改革开放40年，广大民营企业家对四川发展功不可没；新时代推进四川经济高质量发展，广大民营企业家不可或缺；我们庆祝改革开放40周年，就是要深入学习贯彻习近平总书记在民营企业座谈会上的重要讲话精神，坚定不移坚持"两个毫不动摇"，坚定不移发展壮大民营经济，推动全省民营经济不断健康发展。

下午，在国歌声中，以"不忘初心跟党走、坚定信心再出发"为主题的四川民营企业庆祝改革开放40周年盛会开幕。

在热烈的掌声中，琪达集团董事长彭家琪等100位民营企业家被省政府表彰为"改革开放40年四川百名杰出民营企业家"。

闪光灯中，胸佩大红花的彭家琪走上领奖台。从省领导手中接过奖牌的时候，他心潮起伏，激情澎拜，率领企业继续昂首挺进，做大做强的信心更加坚定。"只有敬业、精益、专注的企业家，才会有将全身心投入到企业中的不竭动力，才能够把创新当作自己的使命，才能使产品、企业拥有长远的竞争力。"这段话是李克强总理在2016年年初的政府工作报告中讲的，彭家琪通过反复学习，深刻领会，对琪达的未来做出了更加宏伟的规划：在加快转型升级的同时，进一步推进产品创新、管理创新、服务创新，不断提高品牌知名度和影响力。坚持质量第一，发扬工匠精神，健全标准化管理体系，争创"百年品牌"，打造"百年老店"。

2019年，在普天同庆新中国成立70周年之际，四川省服装（服饰）行业协会也迎来了30周年生日。

时光积淀了历史，奋斗成就了榜样。经提名推荐、审核资料、专家评审、理事会审议、网上公示，在12月20日的四川省服装大会上，彭家琪和其他20位企业家被评为"四川服装行业发展功勋人物"。

颁奖词写道：30年来，他们勇立时代潮头，是四川服装行业锐意开拓创新、敢于实践探索的先锋和领军人。他们带领企业开辟新天地，引领行业不断前行，积极为行业发展建言献策，大力支持协会和行业工作，为推动行业发展发挥了示范作用，为地方经济发展、社会就业、推动行业进步和发展做出了重要贡献。

紧接着，12月21日，在四川省服装（服饰）行业协会年会暨五届六次理事会上，琪达集团又荣获"四川职业装（工装）领军企业"。与彭家琪领衔获得"四川服装行业发展功勋人物"一样，琪达集团又在获得这个殊荣的5家企业中排名第一。

荣誉催人奋进，使命呼唤担当。如今的琪达集团已经积累了近40年的服装研究、设计和生产历史，拥有了一对一的量身定制生产线，具有年产高档西服50万套、职业装300万套（件）、精品衬衫150万件的生产能力。琪达集团在推动品种开发、品质提升、品牌建设等方面取得积极突破的同时，也培养出了一批优秀的管理队伍和优秀的设计师、优秀的能工巧匠。仅仅在最近几年，琪达的技术研究成果就有40多项获得专利认证，形成了琪达的自主知识产权和核心竞争力。

琪达硕果累累，荣誉花香四溢。

星辰大海

◎ 谋略在先

从作坊式向工业化升级,从工业化生产到现代化生产,从现代化生产到智能化生产,经过"脱胎换骨"的三次飞越,琪达创造了一个又一个发展壮大的奇迹、一个又一个辉煌的成就。琪达的创始人彭家琪凭着"走遍千山万水、说尽千言万语、想尽千方百计、吃尽千辛万苦"的"四千精神",也从"乡串串"完美转身,成为杰出的企业家。

彭家琪已经年近六旬,但他依然保持着干劲、冲劲、拼劲。对于琪达的未来,他一如既往地自信:在发展中坚持"匠心+创新",运用现代科技手段,在设计、制作过程中寻求突破,让每一件服装达到高级"私人定制"的效果。彭家琪依然雄心勃勃:以行业匠心,加现代化高科技和现代化管理,用5—10年的时间推进琪达企业的"321"战略,即进入服装定制全国前三;在服装行业中位居全国二十强;在西南、西北处于第一。

然而,和改革开放成长起来的所有第一代民营企业家一样,他不得不思考和面对"新老传承"的现实问题。

毛泽东在《论持久战》中曾引用《礼记·中庸》中的"凡事预则立,不预则废",现代语表述其意思就是"没有事先的计划和准备,就不能获得战争的胜利。"

商场如战场，琪达要在竞争中立于不败，打赢持久战，做成百年品牌、百年老店，必须未雨绸缪，有预有谋。

无数的实例证明，缺乏接班人计划，采取临危受命"赶鸭子上架"的传承方式，会给企业带来不确定性和潜在的危机，也让许多第一代民营企业迅速枯败，没能继续生存下去。

在外人看来，在向二代传承方面，彭家琪无需忧虑。他女儿彭夕桐非常优秀，从英国留学回国后，又在上海职场经过历练，她先后攻读了四川大学的EMBA，西南财经大学的EMBA。

最为关键的是，彭夕桐热爱服装行业，愿意在琪达锻炼成长，替父亲分担重任。

似乎一切都水到渠成。

但是，民营企业守业更比创业难。彭家琪经过艰苦卓绝的奋斗，把琪达带向了辉煌，年轻的彭夕桐能乘风破浪，创造出琪达更加美好的未来吗？毕竟财产、技术、管理、知识基础、为人处世等很容易传承，一些隐性的能力，比如开拓、创新、敢想敢干、勇气、对机遇的把握、快速决策、抗压抗风险等企业家的精神最难言传身教。

作为父亲，彭家琪绝对信任女儿。女儿传承了他的人生观、价值观，也延续了他勤奋好学、敢于拼搏的品质。作为一个有着强烈责任心的企业家，彭家琪又不能随随便便就把琪达集团一传了之。也就是说，他要传承的不单单是琪达集团的资产，还有匠心与创新精神，尤其重要的是，二代接班人必须具备为琪达集团和社会贡献价值的使命感和责任感。

好在，彭家琪为琪达未来谋略在先。他有时间、有精力，通过传帮带引领和不断历练去培养和考察二代接班人。

◎ 惊艳裁山

说到彭夕桐之前，先要说说她的"裁山"。

在成都市气派的人民南路，有一家"裁山绅装体验馆"。还真不是一家普通的服装店。这不是一家普通的服装店，除了装潢设计充满了新古典主义风格，尽显优雅奢华的格调，品牌宣传更是充满了文化内涵——

"人裁衣，水裁山。"

"何以裁山？水也。水若女子，温柔婉转，山若男子，沉稳挺拔。"

就冲着"一种如女为男，细心体贴的品牌态度；一种如影随形，舒适合身的品牌服务；一种山长水远，全力而为的品牌理想"的神奇广告语诱惑，人们就想进店看看。

"裁山"这个高端品牌出自琪达集团，这个品牌是琪达董事长彭家琪的女儿彭夕桐倾力打造的。

"我很幸运，有一个了不起的父亲，并赶上了一股创业大潮。"彭夕桐说，"我从英国留学回国时，那时'80后'的海归已经有相当一部分人开始做起了高级服装品牌。"

彭夕桐虽然学的是金融管理专业，但她遗传了彭家琪对服装行业的那份热爱。除了敬佩父亲，她也希望在他的引领下为琪达集团做一些实实在在的事，为琪达集团未来的发展承担更多更大的职责。

"作为创二代，站在前一代坚实的基础上，看似简单，但从零到一的突破很难，从一到N的突破更难。"彭夕桐很坦诚，"就说'琪达'这个品牌吧，2000年后，公司主要专注做团体服装市场的定制，逐步退出零售市场，以前熟悉'琪达'衬衫的消费者基本已经忘了这个品牌。我就想啊，必须开创一个新品牌来提升琪达集团的活力，传递出一种更加符合新兴审美的高端品质概念，让那些快要忘了'琪达'

的消费者眼前一亮，原来'琪达'不仅还在，而且更加有创新力和创造力，所以，便有了'裁山'。'裁山'的品牌定位虽然与'琪达'的品牌定位有所区别，但它是'琪达'的延续，在完成自身超越的过程中，相应的也会对'琪达'的品牌价值的拉高起到不可小觑的作用。也就是说，'裁山'和'琪达'品牌之间的关系血脉相连，相辅相成。"

这是彭夕桐的"正经"说法。前不久，遇到一个熟人问她，为什么要创立"裁山"，她开玩笑说："源于我的个人喜好。"

其实，彭夕桐并没有忽悠，在英国留学时，她就对绅装有了浓厚的兴趣。

那时，她一心一意想做学霸，完全不关注与学习无关的事，对英国绅士也毫无概念。一天傍晚，她抱着厚厚一摞从图书馆借来的书，沿着湖边小道走向宿舍楼时。发现宿舍门前站了一个戴着雷朋太阳镜的金发帅哥……

"他一直用身体挡着门，当时我和他的距离差不多100米，他什么话也没说，就静静站在那里，一直等我进了大门，才把门关上，并帮我按电梯……后来在英国的生活，绅士文化就一直伴我左右。让我才真正意识到，绅士文化不仅仅是衣冠整齐，儒雅美观得体，而是从很多方面展示的一种文明儒雅、彬彬有礼。而服装，只是他们尊重社会和他人的一种表达方式。"

创立"裁山"，除了与她留学英国时的见闻有关，更与她对世界服装行业的关注度有关，她敏锐地发现，越是发达的国家，消费者越是看中着装的品质。

"我觉得男装很有意思。男性不善通过语言表达感情，所以，我想通过服装，去帮助他们表达内心的情感。而西服正装，我觉得最能展示男性气质，经典而得体。"

她把创立"裁山"的设想说给父亲听。

彭家琪很赞许，认为这是琪达集团在服装定制的发展路上的又一项创新，能使琪达集团的核心能力产生价值延伸。

"我的父亲一再告诫我，我不同于其他上市公司的二代，可以直接接手或者接收上一代的资金，进行新的投资，比如投房地产，或者一些新兴行业。如果我贸然转到全新的行业，既没有行业的经验，又没有客户的基础，也没有熟悉监管的团队，失败是大概率事件。"彭夕桐说，"当然，我也没有转到全新行业的打算。我的父亲是做服装起家的，我热爱他，热爱这一行，而且受他的熏陶和影响，我在创立新的服装品牌方面更能找准切入点，并逐步实现跨越，实现自己的梦想。"

"裁山"是彭夕桐进入服装行业创立的第一个品牌，她给了"裁山"高品质绅装的定位：结合国际时尚元素，专注为男士提供最适合个人的正装形象策划与体验服务。她认为，服装代表的不仅仅是个人形象的问题，更是传递品牌理念的灵魂所在。当一个人穿着高级定制服装时，会对自身的言谈举止特别重视，这会潜移默化地激励他约束自己。所谓绅士，除了得体的服装外表外，真正的内核是高要求自己，并服务于他人的精神。

为了梦想更好地实现，彭夕桐把萨维尔街（全球男装定制圣殿）的主理人请到琪达集团进行工艺探讨和现场指导，并将英国正装元素的基因移植到"裁山"。同时经过对一家家面料生产厂商认真仔细的比较，她敲定了英国皇家面料和意大利等国的奢侈面料，旨在让客户获得性价比最高的产品服务。

"我想让'裁山'成为最亮的那颗星，虽然它现在还很小，但它已经在市场竞争中闪现出了希望的光芒，关于它的话题感，也越来越多，并得到了服装行业和省市领导的关注和器重。"彭夕桐说，"在前不久的一场服装品牌推广会上，一个领导见到我脱口而出：人裁衣，水裁山。丫头，你们的'裁山'很有意境和文化内涵，一定要努力，把'裁山'做大做强做响亮，要像你父亲创建'琪达'撑起了四川服装行业的脸面一样，争取更大的荣光……"

经过彭夕桐和团队的努力，"裁山"已经完成了从产品零售模式到高端定制的转化。"裁山"传承了"琪达"坚持品牌发展，专业专注于高端、优质、舒适的产品服务理念，朝"成为服装品牌最亮那颗星"的方向奋勇前行。未来可期。

◎ 薪火传承

"除了把在国内外学到的先进的服装企业运作模式应用到琪达集团，作为新生代，必须具备不断创新的经营思路，确保琪达集团在新老交替的传承中持续发展，赢取第二次增长曲线。"彭夕桐为自己做了初步的定位。

彭夕桐说："我非常重视企业的第二增长曲线。"在企业的生命周期里，一般都要经历萌芽、培育、成长、快速增长、稳定、衰退等周期。如果用数字连接起来，就是企业的"第一曲线"，表现为先升后降的抛物线。影响"第一曲线"走势的是企业的主业，当主业做到高点时，受技术突破、竞争对手推出的新的商业模式等影响而衰退，就必须要有新业务来取代老业务，就是说拐点出现之前，需要开始一条新的增长线来实现持续增长，这条线就是"第二增长曲线"。

彭夕桐说："尽管琪达集团目前运转势头强劲，并未出现衰退的迹象，但居安思危，必须保持高度的警惕性，把积极的态度和行动体现在企业的生命里。"

毕竟，琪达集团发展40年了，一些战略方针，也许在当时很好，但随着时间的变化、市场的变化，难免会出现这样那样的问题。即便还未出现问题，也要未雨绸缪，积极寻找第二增长曲线。这是传承的价值内核。

在历史的长河中，40年，只能算是一个起点，书写的只是一个逗号。要实现百年琪达的美好愿景，就必须保持旺盛的竞争力，以不断的创新迎变而上，携手奋进。彭夕桐经常告诫团队成员，同时也时刻警醒着自己。

而为这份接力与传承的使命，彭夕桐逐渐融入自己的角色，就像父亲当年一样，她一边在企业管理、经营上实践，一边以开放的心态，敞开怀抱走出去，交流、学习。

2022年，四川省委统战部、工商联组织一批四川省优秀青年企业家进行了一次高规格的培训学习。和许多培训学习班大不相同的是，参加此次学习的70位青年，均是由四川省委、省政府在数百名候选人中间，经层层选拔而出的四川民营"企业家二代"，即所谓的民营企业"接班人"。彭夕桐成为此次培训学习的学员之一。

其间，在全国名校的学习，企业间的直接互动，青年人之间相同处境的探讨，行程紧凑充实、别开生面，让彭夕桐受益匪浅。如何接下老一辈创业者的接力棒，如何在既有的丰硕成绩上继往开来地创造，又如何面对新的时代发展在继承中发扬……不同的行业，相同的问题和处境，让青年企业家在交流中拓开了思路，打开了眼界、增长了认知。

除了主动走出去，向外学习。彭夕桐也积极参加社会组织，在地方青年企业家协会担任职务，也是地方人大代表，以积极的心态投入各个领域，去体察、去感受，去发展和学习。

在彭夕桐身上可以看到彭家琪青年时期"勇闯上海"的精神，但她的学习更具有她自己的风格，也折射出这个大时代的特色……

创二代站在创一代的肩上，虽然绕过了白手起家可能会走的弯路，却也得面对时代的挑战、转型的压力。在彭夕桐看来，创立"裁山"，只是一个序曲，还有更多的责任和使命需要她去担当。比如，如何更好地打造大单品，推出新产品，推行多品牌，画出琪达集团超美的"第二增长曲线"。又比如如何促进琪达集团的数字化转型，设计构建数字化共享平台。

党的十九届五中全会提出："发展数字经济，推进数字产业化和产业数字化，推动数字经济和实体经济深度融合，打造具有国际竞争力的数字产业集群。"

彭夕桐认为，数字化转型，已经成为各企业、各行业乃至整个社会的发展目标。在这个充满挑战的探索过程中，琪达集团必须紧紧把握住历史机遇，同时快速打造具有奔腾的热血、奋斗的气息、青春的活力的新生代力量，以创新的思维不断以希望延展希望。

说到新生代的培养和锻炼，彭夕桐非常自豪："'裁山'是琪达集团的新生代品牌，'裁山'团队的成员也都是朝气蓬勃的青年。"

青年，青年，多好的一个词，多好的一个年龄。

所谓星辰大海，意即远大的目标。而星辰代表遥远和未知，大海表示宏大无比，无边无际。这恰是对青年创二代的写照。

◎ 2008年，公司搬迁至德阳经济技术开发区，新厂占地26000平方米，新建厂房、办公大楼、职工公寓等设施建筑44000平方米，总投资上亿元

© 2017年1月12日，彭家琪当选德阳市第八届人大常委会委员

◎ 2017年12月28日，彭家琪荣获德阳经开区首届十大"感动经开区人物"

◎ 2018年11月12日，彭家琪在四川省民营经济健康发展大会会场

◎ 琪达集团"裁山"品牌店（上、下图）

第四章 匠心琪达

在市场风浪中长大的琪达，深知"质量就是生命"的真谛。无论是在企业发展最艰难的时期，还是在行业狂飙突进的浮躁年代，琪达始终"守"字当头，"守业创新"，坚守质量。完整、科学的质量管理体系的建立，护航琪达新海域的开拓，而一场"问题西服"的事件，更是把质量第一的意识刻进了每个琪达人的心里……

琪达在数十年发展间，培养一批批服装行业的技术人才、行业工匠，以不变的匠心、创新的技术让琪达一针一线成为典范，支撑着琪达在市场竞争中立于不败之地！

第四章 匠心琪达

质量 DNA

◎ 最高崇尚

"行业翘楚，百年品牌。"这是琪达集团的企业愿景，美好而宏远。

而这样的愿景，绝对配得上琪达集团。经过40年的努力拼搏，卓越追求，琪达集团已经多年或多次被评为"中国服装行业百强企业""中国职业装十大领军企业"，而依照目前琪达集团的在行业内的实力和良好的运行态势，发展壮大的前途可谓一片光明。

《财富》杂志曾发过一篇深度调查报告，其中有一段说：中国的民营企业平均寿命为2.5年，集团企业的平均寿命为7.5年！

由此可见，民营企业要做大、做强、做久，真是难于上青天。对此，有着40年创业经历的琪达集团董事长彭家琪深有感触。不说远了，就以琪达集团所在的德阳为例，也不说别的行业，单是和彭家琪差不多同时期创业的服装厂就有好几十家，现在基本被市场经济大浪淘尽了。每每想到这些，他就深感责任重大，对琪达集团的未来，不管是发展方向、战略定位、经营之道，还是培养锻炼新生代力量等方方面面，他都不敢有丝毫的懈怠。

但有一点，彭家琪非常坚定：世界上没什么做不了的事，只有做不了事的人。所以，他为琪达集团开出了一剂"延年益寿"的处方：加快现代化管理步伐，运用科技手段，在开发、设计、制作过程中不断寻求突破，在确保每一件产品百分之百达到工艺设计要求的基础上，再精益求精，达到私人定制的最佳效果，确保强劲的市场竞争力。

当然，要让琪达集团"长生不老""寿比南山"，不是向天再借五百年，而是坚持质量第一不动摇。在琪达集团的大会小会上，彭家琪不厌其烦地强调："安全是职工的生命，质量是企业的生命。要实现百年琪达的美好愿景，最为紧要的就是'珍爱生命'——时时刻刻紧绷'质量第一'这根弦！"

◎ 崭露头角

俗话说："金奖银奖不如消费者的夸奖，金杯银杯不如消费者的口碑。"

服装是消费品，中国又是服装生产大国，要在多如牛毛的服装企业和品牌中获取消费者的信任和青睐，唯有产品的品质。这一点，彭家琪深信不疑。有意思的是，他最初的质量意识的建立，几乎是被逼出来的。

彭家琪刚创业那会儿，虽然挂着"中江飞燕服装厂"的招牌，但因为只有7个人，7台缝纫机，不成规模，毫无名气。为了把厂里缝制的衣服卖出去，他顾不上厂长的形象，骑着破旧的自行车四处赶场，举着小喇叭大声吆喝，可依然问津者寥寥。好不容易遇到有人来选购，又满是怀疑——

"飞燕？听都没听过，质量好不好哦？"

"看起来还不错，就是怕穿几天就脱线缝了，洗一下就缩水了。"

……

彭家琪只有不停地拍胸脯做保证，甚至赌咒发誓，虽然有一定的效果，但他也观察到，有些顾客纯粹是冲着他们服装的样式好看，抱着试一试的心态掏钱的。

听多了顾客对"飞燕"质量怀疑的话，彭家琪"开窍"了：自卖自夸确实不是办法，要想"飞燕"的服装销路好，得靠顾客一传十，十传百，百传千千万。顾客

第四章 匠心琪达

不是怀疑"飞燕"质量不过关吗？那我们就把质量搞上去！

打定了靠质量说话的主意，彭家琪更忙更累了，除了继续当服装推销员，又当起了质量检查员。为了带动"手下"一起重视产品质量，他故意端起厂长的架子，板起脸，下达了第一道和产品质量相关的"政令"："从现在起，谁做的衣服有质量问题，谁自己花钱买回去。反正，我坚决不允许有质量问题的衣服出厂售卖！"

有句话说得好：如果你真的下决心去做一件事，那全世界都会给予你帮助。

自从彭家琪敲响了质量警钟后，每个员工在工作中再不敢毛糙，做工越来越精细，产品一下子好卖多了。通过顾客的口口相传，他们的服装厂渐渐有了些名气。随着上门订购业务的增多，他再也不用骑着自行车到处摆摊叫卖了。随着生产量的激增，他的职工队伍也不断扩大。而且，创业仅仅5年，他就告别了租借生产车间的历史，购置地盘建起了一栋1000多平方米的5层楼厂房。

彭家琪尝到了重视产品质量带来的甜头，当"飞燕"华丽转身为"琪达"后，在加快工业生产进程、创优质品牌的进程中，"质量第一"，已经正式成了琪达的立足之本，并初步构建了一套涵盖各个环节和各个工序的质量管理体系。

功夫不负有心人。1993年，初次在中国国际服装博览会上亮相的"琪达"衬衫，凭着精美的设计、过硬的质量，摘取银奖，同时"琪达"品牌获得著名商标奖。

喜获大奖，还是"双黄蛋"，极大地振奋了琪达员工。彭家琪利用获奖的契机，给员工再次上了一堂宣讲课："琪达能获奖，靠的不是运气，而是不折不扣的产品质量。所以，质量是企业的生命，不是一句喊喊就行了的口号，而是必须落实在生产制造的每个环节中，一心一意，一针一线，精铸细节。"

产品质量的不断提升，让琪达不断获更大的认可和奖励。彭家琪深受鼓舞，却不敢有丝毫自满和懈怠。他时刻警示全体员工紧绷质量意识这根弦，不断提高对产品质量的追求，把"琪达"品牌的品质打造得更加高端、更加精致。

◎ 问题西服事件

1995年，在主打"琪达"衬衣的同时，琪达开始进军西服生产领域。

那个时期，西服绝对算高级服装。因为利润比较大，全国各地大大小小的服装都"攥"西服生意，同质化竞争猛然加剧。但相比之下，琪达优势明显，因为"琪达"衬衫的迅速崛起，公司已经在全国各地开了300多家品牌专卖店。

借助消费者对"琪达"衬衫的信任度，"琪达"西服一上市，便异军突起，博得了消费者的青睐，销量直线上升。公司的效益好了，员工的收入也增加了，皆大欢喜。

在销量的刺激和驱动下，琪达加大了西服生产线的投入，不过，在生产和经营形势愈发喜人之际，彭家琪并未得意忘形，反而更加小心谨慎，只要没有外出开会或者出差，他在公司的大部分时间都"盯"在生产线上，不断告诫员工："越是繁忙的时候，越是要保持高度警惕，防止忙中出乱；越是效益好的时候，越要增强质量意识，确保'琪达'品牌的高品质特性……"

警钟一直在敲，紧箍咒一直在念，琪达的干部职工把质量意识这根弦绷得紧紧的。然而，千防万防，还是出了问题。1997年，公司收到了消费者的反映：在专卖店购买的"琪达"西服，没穿几次，就发生起球和起毛的现象。

从面料选购到生产制造再到成品出厂，琪达在质量管控上都是环环相扣，层层把关，按说不该出现消费者反映的情况。即便真如消费者所言，那也多半不是琪达的问题，极有可能是消费者穿着或洗涤不当造成，充其量是一起个案。

琪达的质控部门很自信。但彭家琪却不这样想，当即做出指示：绝不能以退款或者赔偿的方式，简单粗暴地解决问题，必须紧急召回在全国300多家专卖店上架的该批次西服，进行全面仔细的复查。

琪达员工闻讯，都觉得董事长太神经过敏，是小题大做。尤其是质控和销售部门的人，更是有情绪：仅凭消费者的一面之词，在原因尚未查明之前，是不是琪达的责任都还难说，就把整个批次的西服召回来，那可是几千件西服啊，而且涉及全国300多家专卖店营业销售，这损失得多大啊！

"损失再大，也得召回！"彭家琪斩钉截铁地说，"天下难事必作于易，天下大事必作于细。创立一个品牌不难，但让一个品牌在市场竞争中站稳脚跟很难，得到顾客的青睐和信任更是难上加难。质量既然是企业的生命，那么和'生命'相关的任何事，拖不得，等不起。"

事实证明，彭家琪的抉择非常及时正确。整批次西服召回琪达后，经过质检部门复查，发现问题出在面料上。

看着堆成小山的问题西服，彭家琪心痛不已。

有人说找供应面料的商家谈判，进行追责索赔。

马上就有人附和："对，找面料供应商赔偿，咱琪达不能当冤大头，背黑锅，遭损失。"

彭家琪摇摇头说："琪达历来以诚信为本，绝不可以一出问题就推诿扯皮。即便这批面料有问题，也是我们琪达人自己选购的；而且，工艺的设计，生产的环节，检验的工序，都是我们琪达人经手的，若一定要追责，只能追我们琪达人自己的责，首当其冲，就是我这个董事长，是我在管理上没有把工作做好做细……"

董事长主动揽责，在场的人都沉默了良久，纷纷表示愿意接受批评和处罚。

"问题已经出了，我们就面对，想办法解决。"彭家琪指着堆成小山的西服问，"批评和处罚的事，暂时搁在一边。这批西服就这么堆着，看着就难受。你们说说，如何处理这批西服？"

"面料起球起毛并不严重，可以降价销售。"

"对，卖出去了，多少能回笼一些资金，把损失减少。"

众人七嘴八舌，但越说心越虚。彭家琪一直盯着那堆西服，没有把视线转向他们。很明显，他们提的建议，并没有符合他的期望。他们只能悄悄猜、静静等。

"所有问题西服一件也不要留进市场，进入市场就是砸琪达的牌子！"彭家琪断喝一声，斩钉截铁。

众人面面相觑。

琪达召开全体员工大会，通报了此次质量事件的详细情况，彭家琪说："南宋著名江湖诗派诗人戴复古曾做《寄兴》一诗：'黄金无足色，白璧有微瑕。求人不求备，妾愿老君家。'后人根据诗意提炼成了成语：金无足赤，人无完人。"

彭家琪接着说："既然世间没有十全十美的人，人做出来的事，也不可能达到绝对的完美。所以，这批西服出的问题，不管牵扯到哪个部门，哪个环节，涉及哪些人，公司都不追究，也不处罚。但是，不追究，不处罚，并不是就这样算了。哪个部门，哪个环节，哪个人出的错，必须查清，该反思的地方反思，该整改的地方整改，坚决杜绝类似事件再次发生。同时，在公司范围内进行一次全面彻底的质量大检查，坚决不允许存在任何质量瑕疵的产品出厂销售！"

问题西服事件，震动着琪达所有的员工内心，质量第一，质量就是企业金字招牌的意识更加深刻的烙在大家的心头。从此在工作中谁也不敢麻痹大意，自觉自愿地加强了对产品质量的重视度，加深了对品牌品质的理解度。而作为一次企业行为，问题服事件让琪达虽然蒙受了损失，却赚取了"注重质量、维护消费者利益"的美誉，而这是花再多钱都买不到的。

彭家琪趁热打铁，在此后的几年间，不断聘请国内外顶级西服结构、工艺、设计大师到琪达指导，全方位提高琪达的西服生产线的技术含量，让"琪达"西服不仅具有神韵，更具高雅、飘逸与和谐的品质，成为精品品牌。这些举措和投入，也为琪达的新生代领导人彭夕桐在后来创立"裁山"绅装品牌，打下了工艺设计、生产制造和质量管控等方面坚实的基础。

第四章 匠心琪达

◎ 严苛把关

服装定制，之所以被称为高端行业，是因为做定制服装比做零售服装，在技术设计和生产制造等方面要求高得多。定制面对不同的行业、不同的企业，而且这些企业都是大企业，他们对服装的设计风格和型号规格有更多、更高的要求，服装的风格要与客户行业及企业文化相契合，这就需要有更专业强大的设计团队。琪达以前做零售，设计很简单，甚至可以不要设计师，要学哪个品牌的风格，直接把流行的衣服买到后进行拆解，仿版即可。但做定制就要根据客户的要求，从面料、版型、风格等全方位精心设计，要求的知识面深广得多，需要强大的设计团队作支撑。

在琪达质管部部长张玉琼的办公桌上有一份《琪达集团质量控制点》的文件，上面密密麻麻写满具体规程：新款服装提前与技研中心一道进行质量策划和产前贯标；每天对生产的服装随机抽 3 件进行全尺寸测量，以确认服装尺寸符合要求；对每件服装进行衣长、袖长、裤长、腰围测量，以确认服装主要尺寸规格符合要求；对"三新产品"进行测试，必要时安排人员试穿一段时间，观察试穿效果和向试穿人员询问着装效果、发现的问题、洗涤方式方法、洗涤频次等，形成试穿测试报告；每月定期对质检员培训并进行经验交流……涵盖的内容还有很多，很具体，甚至很琐碎。

张玉琼说："质量管控点的规定其实就是'匠心＋创新'的结果，因为它具有动态性，只能从问题中建立。"张玉琼举了两个案例：比如，琪达集团接到某单位团体服装定制后，技术人员在做面料手感体验时，发现对皮肤有刺痛感，经过多次实验测试，发现用酵素硅对服装处理能让面料柔软顺滑。只是采用此种方式处理，会增加服装的生产成本，但琪达集团更看重产品质量和服务质量，只要让客户穿着琪达集团生产的服装感到舒心放心，怎么都值得。

也正是在发现问题和解决问题的过程中，琪达集团质管部建立了"以客户满意为关注点，在检测过程中，代入客户的感受，以穿着体验做为验收依据之一，进行检测考核"的质量控制准则。

又比如："根据出现的产品面料问题和客户反馈关注度高的问题，或客户自身特殊操作方式导致出现问题，制定相关检测方法。有检测方法的，则提高测试参数，加大测试时间和次数。"这条质量控制点，是当时琪达做的人民大会堂礼宾服，对方反映服装有缩水现象，经过琪达集团技术研发中心和质管部了解，发现对方单位有自己的洗衣房，洗完服装后又采用机器烘干，与琪达集团技术人员所做洗涤后自然晾干的测试方式不同。技术人员考虑到服装多次烘干后缩率不一致，便经过反复试验，最终确定了新的检测试验方式，并在《材辅料检验规程》中明确测试方式和要求：针对有洗衣设备的公司部门，对于有自己的洗涤部门的单位用户，烘干测试应洗涤、烘干反复测试3次，出具烘干测试结果。

除了建立行之有效的质量管控点来提升产品质量和服务质量，琪达集团还非常重视先进设备的引进。近年来，琪达集团先后购买了美国格伯自动裁床、德国DUERKOPP（杜克普）激光定位电脑开袋机、日本TREASURE（奈良桃李佳）全自动领襟纳扎机、立体整烫系统、加拿大衣拿智能传输裤装生产系统、加拿大衣拿智能传输衬衫生产系统、德国DUERKOPP智能传输西服、大衣生产系统……依靠这些国际领先的生产设备和先进技术，建立标准化，国际化的质量管理体系，大大提升了"琪达"和"裁山"等品牌的品质。

第四章 匠心琪达

匠心传奇

◎ **攻坚克难，臻于至善**

工匠精神是一个社会文明进步的重要标志，是一个企业竞争发展的品牌资本。琪达实业集团有限公司之所以能成为西南、西北服装行业的佼佼者，产品畅销全国各地，非常成功的一条经验，就是在近40年的发展过程中，注重培养企业职工执着专注、精益求精、一丝不苟、追求卓越的工匠精神。

在琪达，一个个匠心传奇的故事让人感慨万千。

2021年3月3日，琪达集团技术研发中心新办公楼前喜气洋洋，一场简朴而隆重的乔迁仪式正在进行。参加人员除了以彭家琪为首的琪达集团班子成员之外，就是技术研发中心的全体员工。

总经理助理、生产总厂厂长、技术研发中心主任莫勇明在热情洋溢的致辞中，对公司高度重视技术研发中心的工作表示了感谢，介绍了新办公楼的功能划分，包括智慧体验区、技能大师工作室、工艺研发室、制版区、智能数控中心、理化检测室、设计区和服装陈列区。和过去的技术研发中心相比，新办公区在硬件设施上得到了大幅度提升。

在技术研发中心的入口处，特意放置了四川青年艺术家黄鹿创作的名为《种子》的装置艺术品。作品采用篾条、蒲葵叶、稻草、藤条等天然植物元素，利用编织、捆扎、悬吊等工艺架构造型。种子代表着希望，象征着精神，蕴含着生生不息的力量。

这一粒种子实际上寓意技术研发中心未来可期，有无限可能。此外，作品也表现了琪达集团始终保持匠心制造、坚持绿色环保可持续发展的经营理念。

"公司升级改造技术研发中心，并专门创立了大师工作室，是为了融入服装行业发展的先进理念，增强时尚化、智能化、科技化和体验感。这是公司技术含量、信息化建设程度和公司竞争力提升的集中体现，将在整体上大大提升公司的整体形象。"彭家琪在乔迁仪式上感慨地说，"研发能力是企业之魂，一个不重视技术创新的企业是没有未来的。"

从琪达产品设计所、琪达服饰研究所到琪达技术研发中心，到大师工作室，彭家琪顺应时代潮流，积极对标意大利杰尼亚等世界先进服装企业，将技术研发视为企业的核心竞争力，对于培养、引进和借力中外高级服装技术人才不遗余力。毋庸置疑，技术研发中心这个技术人才库，就是琪达能在服装定制市场上傲视群雄的底气所在。

对于技术研发中心的专业人才，彭家琪可谓如数家珍：

——技能大师工作室首席技师莫勇明，具有丰富的服装技术、生产工艺及管理经验，致力于服装设计开发—数据分析—智能生产融合研究，实现智能制造与定制相融合的转型升级新模式。2010年获评"四川省第六届劳动模范"称号，现为四川省国家职业技能鉴定考评员。

——技术总监、服装设计定制工高级技师林泉，曾在日本学习先进服装工艺技术，现从事高端设计工作，涵盖从产品设计到标准西服样板制作、高级定制、生产工艺培训等领域。他将许多经验和技术创新无私传授给设计、技术、工艺人员。曾任中美经济合作组织首席服装设计师。

——技术中心副主任、服装裁剪定制工技师杨琼，主要涉足企业服装形象和版型设计、高级定制等领域。设计开发了适合亚洲职场男性的西服版型和工艺技术。创新服装CAD结构设计关联数据运用，优化完善服装结构设计质量和效率。先后获得"德阳市杰出高技能人才示范个人""德阳市技术能手"等荣誉称号。现为中国服装协会设计师协会会员、四川省国家职业技能鉴定考评员。

还有技术研发中心副主任李刚、黄琼、陈小丽、江志斌、甘仕蓉、唐菓、关舒丹等技术领军人物，李林峰、肖军、陈丽、易凡玲、吕晓英等技术骨干，刘永辉、金桂华、钟刚等车间业务领导。他们这33人当中，三分之二以上为技术能手、高级技师，平均年龄不到35岁，正是年富力强之时。主要负责从服装设计、工艺到生产技术全过程的研发和创新。

令彭家琪特别欣慰的是，除了技术总监林泉是外部引进的以外，其他的技术人才都是依托琪达集团的人才培养体系一步步成长起来的。

企业之间的竞争，归根结底就是人才的竞争。

2016年，公司决定将技术部和设计所整合成立技术研发中心，这个决策被证明是成功的，它有效化解了两者分离导致的工作衔接不流畅、工作效率低下、研发创新成果少的弊端，实现了"1+1>2"的预期效果。

彭家琪的目光从技术研发中心员工的脸上缓缓地一一扫过。对于这些人的工作业绩，彭家琪是满意的。

多年来，技术研发中心始终秉持精益求精的工匠精神，探索智能科技在企业的落地应用。秉承绿色环保的可持续发展理念，推行智能制造和流程技术创新。在金融行业、航空等系统的服装招标中，技术研发中心的设计方案、版型的适应度均获得客户好评，对于营销部门顺利中标起到了决定性的作用。

彭家琪对于技术研发中心寄予厚望，希望该部门要切实起到技术引领作用，不断提升软实力，争取更大的作为。

技术研发中心团队不负期望，一份份捷报频频传来。

2021年4月，杨琼荣获"四川省服装服饰行业巾帼建功标兵"称号，设计助理唐菓荣获"四川省服装服饰行业最美女职工"荣誉称号。

更可喜的是，琪达技术研发中心在2021年5月荣获了中华全国总工会颁发的"全国工人先锋号"称号。这是一张闪亮的名片，有着相当高的评审标准。没有"一流的工作、一流的服务、一流的业绩和一流的团队"根本不可能获此殊荣。

◎ 创新驱动，道蕴典范

在近四十年的企业发展中，彭家琪充分尝到了重视技术和技术人才的甜头。

1990年，琪达创新开发出保暖衬衫。冬季穿上保暖衬衫，穿西装、打领带，既有风度又有温度，深受职场男士欢迎，从而引领了中国衬衫的新潮流。在琪达集团的荣誉室里，陈列着一件从什邡消费者蒋灿手里回购的保暖衬衫。这件衬衫是蒋灿1995年冬天为结婚而购买的，几乎花掉了他两个月的工资，但蒋灿认为这笔钱花得值。当他大冷天身穿保暖衬衫出现在婚礼上时，吸引了全场亲朋好友艳羡的目光，大家对其超凡脱俗的衣装报以热烈的掌声。

1994年，琪达衬衫产品获得行业最高荣誉"中华精品衬衫"称号。这在西南乃至西北地区只此一家。到了2000年，琪达已成为人民大会堂礼宾服定制生产企业。靠着技术人才的贡献，琪达多年来在全国服装定制市场上"攻城略地"，在中国服装发展史上书写了浓墨重彩的一页。2007年11月，琪达又荣获"中国驰名商标"称号，成为德阳市继"剑南春""天下秀"和"云河"之后的第4个本地中国驰名商标。

要说技术研发部门的创新成果，彭家琪最引以为豪的是全国独创的"服装定制满意系统"。

要给人制作一套合身的衣服，传统的方式是人工用布尺对身高、胸围、双肩、腰围、臂长、臀围等方面进行测量。如果仅仅是少量顾客也用不了多少时间就可以测量出，但是要给数千人制作各自合体的衣服时，那就是一项很耗时间和体力的工程。

公司曾接到一个为1000人定做制服的大单，对方只给3个月的生产时间。琪达光测量就花了一个星期，差一点儿耽误了交货时间。彭家琪痛定思痛，决定重塑生产流程。2015年，公司投巨资对测量环节进行智能化改造。技术研发中心通过研究百余万个人体形数据归纳出380个人体规格，与加拿大专家共同研发出"服装定制满意系统"，实现了从人体数据的收集、录入、归档、裁剪、缝制到包装、分箱、标识的自动化。

同样的大单，现在只要两个人，用三天就能完成测量、套号、数据提交等工作。用时不仅快，而且测量出来的数据十分准确。如今，这个系统已成功应用到国际航空、东方电气等上千家集团用户的服装定制服务之中。

创新驱动，道蕴典范。这里的"道"，就是人才经营之道。

◎ 从善如流，知人善任

企业之大，不在于大楼之大，而在于大师之大。

2015年1月5日，在德阳市技能振兴专项活动总结大会上，经德阳市人社局批准，琪达集团正式挂牌成立莫勇明技能大师工作室。

日本经营管理大师稻盛和夫先生强调："为了顺利推进公司或团队的工作，无论做什么事情，都需要有个精力充沛的、起核心作用的人物。这样的人将成为全体人的中心，宛如一股上升的气流自平地而涌起，将全体人员卷入，带动整个组织一起行动。"

莫勇明就是这样的核心人物。作为大师工作室的首席大师，莫勇明在2010年

12月荣获了"四川省劳动模范"称号。仅仅31岁，就担任琪达集团技术部部长。

2004年4月，绵竹人莫勇明在广东某港资制衣厂已经工作3年，在设计研发和管理方面颇有建树，深受老板器重。但由于妻子怀孕后，不习惯广东的饮食，身体健康受到影响。莫勇明心急如焚，决定回老家绵竹寻找发展机会。

当时正是德阳市服装行业的黄金发展时期，各种制衣厂如雨后春笋一般冒出来。但要说名气，还是琪达制衣更为响亮。幸运的是，琪达公司正在大量招聘员工，对于服装设计人才更是不惜重金。

于是，莫勇明抱着试试看的心态通过电子邮件投去了工作简历。在通过琪达公司人事部初选以后，经过一系列招聘测试，莫勇明顺利地成为了琪达的一名普通员工。起初，公司并没有给莫勇明确定岗位。后来，公司发现莫勇明在技术研发方面经验成熟，仅仅到了12月份，就将其从一名普通员工提拔为技术部部长。这样，莫勇明就成为了琪达公司最年轻的中层干部。莫勇明能够被破格提拔，当然是因为他给公司做出了有价值的贡献。

来琪达不久，莫勇明就发现了公司技术部存在两个问题：一是技术部核心人才大量流失。原因当然是多方面的，一是部分人才当初只能做市场产品，对于公司转型做服装定制颇有怨言。二是部分人才选择了离开琪达自主创业。此外，由于技术部才组建不久，对于技术部应该做什么，朝什么方向发展，公司暂时没有明确的要求，这让一些技术人员一时感到迷茫。

琪达服饰研究所的技术人才队伍还是强大的。但从设计版型到生产车间的成品转换，中间就卡在了技术部这个薄弱环节。而刚来不久的莫勇明就发现了技术部的问题的症结所在，并积极向公司建言献策。

"彭家琪董事长的确爱才！"想起当初进入琪达的过往，莫勇明仍然感慨万千。

莫勇明在琪达公司没有任何关系，能够在半年内做到中层干部，完全是能力得到了公司管理层的认可。从企业内部制图软件CAD的运用、样版的规范、整个技术资料的规范、对于车间生产的支撑，莫勇明提出了不少行之有效的意见和建议，得到了公司管理层的首肯。

提升为技术部部长之后，莫勇明不断引进、壮大部门人才队伍，最终形成了从设计到技术到生产一条龙的配套服务能力。其创立的快速生产小单流水线成为德阳市轻纺行业一面旗帜。此外，莫勇明研发了衬衣"防皱免烫"工艺，使琪达集团在西南地区成为唯一一家能够生产制作免烫衬衣的企业；开发出"嵌条防皱"工艺，使衬衣洗涤后永不变形。

"5·12"大地震发生后，莫勇明强忍母亲离世的悲痛，迅速重返岗位。在余震不断的情况下，莫勇明坚持进入新车间规划、测量、绘图，最终圆满完成公司引进的世界最先进的德国"智能悬挂传输系统"，提高生产效率22.23%，年创直接经济效益达7000多万元。

10月1日，琪达生产总厂厂长退休，莫勇明又兼任公司生产总厂厂长。他肩上的担子更重了。担任总厂厂长后，莫勇明和主管领导周友梅副总经理通力合作，决定改革公司生产车间的工艺流程。莫勇明发现，生产车间的技术和管理，后备人才培养没有跟上，这对于公司的长远发展肯定是不利的。

于是，莫勇明思忖再三，结合自己在广东打工期间了解的企业管理情况，提出了建议：一是建议设立公司后备人才库，加大培养力度，形成梯队建设；二是打通车间工人的晋升通道，让员工看到自己未来的成长空间；三是及时公布企业所需人才情况和要求，并在企业内部进行公开招聘；四是优化企业职工薪酬管理体系，多劳多得。

琪达集团决策委员会采纳莫勇明的意见后，公司人力资源部及时跟进，制定和完善了相关政策，从高管到企业一线职工都有了奔头，大家工作的积极性更高了。

通过深入生产车间观察，以及与企业一线职工和管理者交谈，莫勇明发现一条车间流水线 28 个人，一个管理、一个质检。一个萝卜一个坑，每个人都不能请假。如果有人请假，这条流水线就得停下来。长此下去，大家都叫苦不迭。此外，行业定制订单加入之后，生产量越来越大。小单还好对付。对于大单，28 人的流水线显得特别吃力，时间往往一拖两三个月，根本满足不了客户的需求，也与琪达快速反应客户订单的承诺相背离。

莫勇明将发现的企业生产痛点及时向分管副总经理周友梅进行了汇报，建议把流水线组装得更大一点。在得到领导的同意之后，莫勇明大胆改革，把 28 人的散单流水线改成"组装集中式流水线"，加大了中检力度，使得产品的质量更加稳定，员工的工作强度降低，对操作人员技术水平要求降低，产品质量大幅提高，整个生产机制运作更加平稳。改进生产流水线后，更加体现和适应了具有琪达特色的专业定制体系，使各条流水线效率在原有基础上提高 25%—55.5%。

在莫勇明的组织动员下，生产总厂其余班组线进行了流水线整合，果然达到了预期目标，大家都非常满意。当然，最受益的还是企业生产车间的一线员工和基层管理者，工资普遍翻了一倍。

此外，莫勇明对传统工艺与 CAD 排料进行技术融合，改进排料方式，首创团体定制多规格、小批量的排料自动缩率加放与固定衣片加放相融合，适应自动化裁剪，提高了 60% 工作效率，面料利用率提高了 2%。同时，莫勇明多年来带领研发团队，积极进行专利申请，每年均保持在 1—3 项。

像莫勇明这样既懂技术又懂管理的人才，琪达集团还有很多。他们在各自的岗位上，都为琪达的发展做出了积极贡献。

第四章 匠心琪达

◎ 工匠精神的支撑者

在琪达，提到工匠精神，人们首先想到的是集团董事长彭家琪先生。他从一位走街串巷的小商贩，7台缝纫机起家，把单一的衬衫生产小作坊，一步步发展到今天的智能化服装生产行业龙头，对技术的学习追求，对工作的热爱和敬业，是工匠精神最真实的写照。

在琪达，还有许许多多可爱的人，汇聚一起在自己的岗位中兢兢业业，在彭家琪的感召下成为琪达工匠精神的铸造者和支撑者。

琪达集团副总经理周友梅出生在一个中医世家，父亲是德阳远近闻名的老中医。如今她父亲快80岁了，还在太极药店坐诊治病，救死扶伤。每天慕名看病的人，从天南地北络绎不绝来到这里，排着长长的队伍。

周友梅深受父亲敬业精神的影响，对事业忠心耿耿，对工作一丝不苟。

1991年，豆蔻年华的四川大学外语专业毕业生周友梅思乡心切，回到阔别4年的故乡，在一家国有外贸企业工作。

可是，没有几年工夫，企业破产，周友梅也失业下岗。她曾经苦闷、彷徨、焦虑过：咋个办，路在何方？父母亲含辛茹苦把自己养育成人，从小学、中学到大学，16年寒窗的奋力拼搏，难道就这样化为泡影，辛勤的汗水和泪水，就这样付诸东流了吗？不能！面对生活的坎坷，一定不能退缩，必须要勇敢地跨越过去！

1997年3月，周友梅迎来了人生的又一个春天。在电视上，她看到琪达招工广告。不久，凭着自己的实力，她被琪达公司聘用了。

当时到民营企业工作的大学生屈指可数，这些天之骄子，成了琪达公司的宝贵财富。来到琪达，周友梅被安排在办公室工作。从职员、办公室副主任，到办公室主任的岗位，她勤勤恳恳，不辞辛苦，任劳任怨，得到了公司上下领导和员工的一致好评。2008年，她以优异的成绩、出色的工作能力，被聘为琪达公司副总经理，主要分管行政、生产和技术研发方面的工作。随着企业规模扩大和生产集约化程度的提高，对企业的质量管理和经营模式提出了更高的要求。企业必须采用现代化的管理模式，使包括安全生产管理在内的所有生产经营活动科学化、规范化和法制化。

这些管理知识，对一位外语专业毕业的周友梅来说完全是一个新领域。她迎着困难上，不懂就学，拜能者为师。下班后，她利用休息时间，抱着厚厚的企业管理体系方面的书籍，认真钻研学习。

在分管技术开发生产经营副总经理的岗位上，她和研发团队一起，一干就是14年。14年的风风雨雨，她终于从一个"门外汉"历练成为专业领域的行家里手。她深入车间，和团队共同研发新技术、推出新产品，使琪达公司从单一的衬衫生产，到现在拥有西装、职业装、羽绒服等多条生产线。琪达公司从零售服装企业到大规模生产定制服装的跨越式发展，周友梅功不可没。

李刚，琪达公司技术研发中心副主任，出生在广安一个裁缝世家。从小就看着祖父、父亲为家乡人缝制各类服装，李刚耳濡目染，立志长大了一定要成为一名顶级的服装大师。

高中毕业后，他凭着父亲传授的剪裁缝制技术，只身去往广东深圳，进了一家服装厂，学做服装样板。经过几年打拼，他的缝纫技术得到进一步提高。他曾在广东东莞创办属于自己的服装厂。

2010年，李刚进入琪达公司制版从事放码、排版工作。他善于创新，将手工纸质样板操作改进为自动放码、自动排料，再通过电脑传输应用到车间自动裁床，大幅度提升了工序效率。

李刚在谈到今后的打算时充满着希望地说："整个服装从设计、制版、裁剪到缝制，以后实行连动放码，智能大数据化，将可以根据不同客户的需求，个体身材差异的不同尺寸，输入智能大数据，就生产出各式各样不同人群的服装。实现一人一版，自动生成版型，而我们的目标是使96%以上的消费者满意率。"

而除了像周友梅、李刚这样加入琪达的众多优秀人才外，还有很多一路跟随琪达成长的老员工成为琪达改革的支持者和企业发展的稳定器，如琪达的元老级人物陈晓兰、琪达财务部经理刘庭林。

陈晓兰是建厂初期"7台缝纫机7个人"的元老之一，在工人中有影响力和号召力。在20余年的时间里，陈晓兰亲历了琪达风雨彩虹，并在关键时刻做出了表率。

从手工缝纫机生产到工业缝纫机生产，是琪达初期的一次重大变革，今天看来的理所当然，在当时却是琪达的轩然大波。几十年的手艺要让位机器，琪达第一次工业缝纫机改革却遭遇了工人们的集体反对，抱怨声连绵不绝。

尽管彭家琪细致入微地分析宣讲生产技术由传统模式向工业化升级的重要性，一针见血地指出技术落后的家用缝纫机已经严重阻碍了琪达朝着现代化发展的步伐，但工人们固有的观念就是转不过，毕竟那一台台缝纫机都是建厂起家的"功臣"，已经有了难舍难分之情，厂里咋能说不要了就不要了？

"大家应该知道，我对厂里的每一台老旧的缝纫机的感情不比你们少，但为了提高产品质量和生产效率，纵有万般不舍，我们也必须投入先进的生产设备……"彭家琪一边继续解释，一边盼着有人能挺身而出，带头支持。

期待的一幕真的发生了。

只见陈晓兰袖子一挽，双手抱起旧缝纫机，大声吆喝："大家别纠结了！搬走脚踏的旧机子，换上电动的新机子，往后我们的活儿干得又快又好了，收入也会跟着涨上去，这样的好事还犹豫啥呢？相信彭师，他是为厂里的长远作打算。"

陈晓兰说完，带头把旧机器拆下来往家里搬。"元老"的言行触动了大家，那些本来还在闹情绪的工人，即便嘴里还有一些叽里咕噜，却也跟着响应起来。

换上电动缝纫机后，生产质量和效率显著提高，他们的收入也跟着水涨船高。

而第一次设备革新的成功实施，为以后琪达的一次次技术升级铺平了道路。

陈晓兰虽然是跟随彭家琪创业的元老，但她在工作中从来不摆资历，不挑活儿，公司指哪干哪，任劳任怨。随着琪达的发展，她的职业技能和管理才华不断提高，从普通的缝纫工被提拔成车间主任，后来还曾担任技术部长。

在琪达面临分家之际，一向沉稳的陈晓兰失态了，跑到彭家琪办公室痛哭不止。她说："一路走来，从中江到德阳，对琪达的一草一木，一砖一瓦，我们都饱含深情……"她一再恳请彭家琪扛住风雨，坚强起来，敢于担当，勇于作为，带头把琪达继续办下去。她说，从跟随彭家琪起，她始终坚信他会对员工负责，会把琪达发展得更加强盛。

"陈晓兰的肺腑之言让我格外感动，也坚定了我继续发展琪达的信心。"彭家琪说。

琪达重组后，由于张字澍先生退休，生产上没有人管理。陈晓兰临危受命，担任生产厂长。她在主持生产、技术、质量等方面工作的同时，着力培养生产技术能手和质量管理干部。为了接下更多的订单，她见到营销业务员就软磨硬泡，恨不得把他们个个都逼成拼命三郎。生产订单多起来，她更是身先士卒，与技术人员和生产工人一起加班加点。

"陈晓兰当生产厂长期间，攻克了无数的技术难关，不管生产形势多严峻，她都能保证订单的交期。"彭家琪说，"特别是在琪达重组的那段关键时期，她展现出来的工作激情和领导风采，有力地起到了稳定军心、鼓舞士气的作用。"

和陈晓兰一样，刘庭林也是对琪达饱含深情的元老。

1990年，刘庭林聘为琪达的财务部经理时，正赶上琪达零售业务发展的黄金时期，分布在全国各地的直营或授权品牌专卖店多达数百家，财务管理方面的压力相当大。

账目要做得准确无误，且一目了然，必须重新开发建立一套正规化的财务核算管理体系。听了刘庭林的建议，陈秉达和彭家琪非常赞同，并大力支持。

功夫不负有心人，经过精心设计，多次演练，刘庭林终于制定出了一套科学实用、全面正规的财务管理体系，解决了琪达专卖店遍地开花，账目核准难的大问题。

为了把账目厘清，确保精准，不管是省内的还是省外的专卖店，刘庭林都不辞辛劳，亲自带队去做盘存和核查工作。1997年冬的一天，他在南充的琪达专卖店把盘存和调价一系列工作做完后，已经是夜里十点多钟。考虑到他累了一天，专卖店那边为他安排了住宿，让他好好歇歇。可他挺了挺酸疼的腰说："公司的事还有很多，我得马上赶回去。"

刘庭林说走就走。可是，那时候没有南充直达德阳的火车，他只好先买了到成都的硬座票，第二天一大早，又从成都转车到德阳。到了公司，用冷水洗了脸，泡上浓茶，便开始工作。

20世纪90年代，企业在银行贷款，关键是看财务状况是否良好，账目是否清晰准确。自从刘庭林健全了财务制度后，琪达的账目非常规范，赢得了银行和税务部门的高度好评和深度信任，琪达也连续多年获得银行的AAA级信用企业荣誉。

◎ 敬业爱岗的员工情怀

衬衫车间主任钟刚，内江资中人，"80后"，是琪达公司比较年轻的生产干部。2006年，钟刚毕业于广汉飞行学院计算机专业。

毕业后，他曾在德阳富江超市上过班。一次，他在德阳市政务中心闲逛时，无意发现琪达公司招聘员工。他报名参加，最后被琪达公司聘用，分配到办公室从事统计工作。干了两年，他又被分配到车间班组，从最基础的工作做起。2018年，被任命为琪达公司衬衫夹克工装车间主任。

车间有200多名员工，大多数是女工。他经常深入班组，了解员工的情况，及时发现问题，为他们排忧解难。

当接到生产任务时，他立即和各工段长讨论研究，根据各位员工的技术专长和熟练程度，进行合理的分工，下达生产任务。在生产过程中，分为线上、线下两个部分。首先要求员工做好流水线上的大部件，然后再做线下的小部件。根据生产进展，及时进行任务的合理调配。做到手脚麻利的有活干，动作慢的不窝工。这样，大大地提高了生产效率。

在服装生产线上，他们严格实行"三检制"。首先自我检查，看产品是否符合要求；下一道工序检查，如果不合格立马返回重来；打包装箱前再进行成衣总检，从而保证了产品的质量，得到了用户们的一致好评。

2022年8月，高温高热限电停产，大多数员工都在家中休息。但有的客户订单要得比较急，部分车间不得不恢复生产，许多员工冒着烈日高温，来到车间请战，希望能为公司做点什么。在酷热的"桑拿天"，员工们坚守在机器边，工位旁，在机器嘀嘀嗒嗒声中，飞针走线，有时一直要加班到深夜。大汗淋漓，在最难熬的时刻，董事长来了，总经理、副总经理们来了。他们领着炊事员一道，送来夜宵，送来雪糕、冰淇淋，送来更多的是公司的悉心关怀和体贴。

琪达公司一直实行人性化管理，时刻把职工的利益放在首位。在停工停产期间，保底工资按时打到工资卡上。逢年过节，除了发放节日礼品，还要根据员工对企业贡献的大小，发放金额不等的红包。春节前夕，公司还给全体员工家属发去一封封热情洋溢的感谢信。如果遇到哪位企业员工亲属住院，经济有困难，公司工会主动发出倡议，为困难员工募捐，解决他们的燃眉之急。

钟刚深有感触地说："能在琪达公司工作，遇到这么关心生产第一线员工生活的公司领导，是一生中最大的幸事。我们只有用辛勤的劳动，敬业爱岗的工匠精神，保质保量圆满完成生产任务来回报公司。"

衬衫车间工段长颜义芳，贵州习水县人。20世纪90年代中期，她应聘到了琪达公司。28年的时光，她见证了琪达由小到大、由弱到强的整个发展过程。

当年，20岁出头的颜义芳第一次走出大山，坐车来到中江县城南门外的琪达衬衣厂。在这个举目无亲的异地他乡，望着高高的南塔，看着工厂一排排嘀嘀嗒嗒转动的机器，心里想得最多的，就是要好好学习缝纫技术，用勤劳的双手来养活自己，回报父母，回报社会，回报琪达公司。

20多年过去了，她从一个学徒工成长为琪达衬衫车间的业务行家里手。从缝制衬衫的大小部件到整件衣服，直至熨烫整个过程，她都得心应手。

她从进厂的那天起，学习使用第一代电动缝纫机。这与她见到的脚踏缝纫机有着根本的不同。她反复试验，仔细捉摸，掌握它的规律，很快就能熟练地操作了。

经过20多年的发展，电动缝纫机已经进入了第三代。她们从一天缝制几件衬衫，发展到一天一个人能做20件左右的衬衫。

在生产过程中，她发现衬衫袖口、肩带等小部件，做起来费工费时，很难达到设计要求。她和机械维修的师傅们一起研究设计了一个尺寸规范的小设备，经过折叠熨烫成形，一过缝纫机，这些小部件又快又好地完成了。一项小发明，解决了一个困扰已久的大难题。

黄勇，中江人，1990年进入琪达公司，一直从事机器设备的管理和维修，有32年工龄的老员工。

进厂的时候，琪达公司已进入电动缝纫机缝制服装时代，看到这些机器，他脑子里一片空白，以前他哪里见过这些专业设备。

公司从上海请来两位机器维修师傅，手把手地教他如何凭耳朵发现机械故障，如何更换故障零件，如何维保机器，使其正常运转。在实践中摸索，黄勇渐渐熟练掌握了维修新技能。

在缝制工装上的三角形摆衩时，先缝制、手工翻转、熨烫，再缝制，费工费时。有的员工为了不耽误工时，经常把摆衩的手工翻转拿回家中做，一边看电视，一边做活计。为了减轻员工劳动强度，黄勇经过反复琢磨，和车间员工一道，设计了一款摆衩制作熨烫定形小设备。经过实验，做出来的摆衩既规范，又好看。如今这种小设备，已经能应用于制作多种服装上的小部件，大大提高了服装缝制生产率。

2016年，黄勇参加了全国服装设备维修技能大赛，获得了西南赛区第一名，被评为服装设备维修技师。

在琪达像这样的优秀员工数不胜数，他们和琪达形成了荣辱与共的共同体，在各个平凡的岗位上以兢业业的行动诠释工匠精神。他们为企业的发展挥洒汗水，贡献才智，也在这一过程中不断成长，实现自身的价值。

基于这样的群体，匠心琪达与日崛起，如日中天！

© 2017年,由德阳市人民政府、雅安市人民政府主办,德阳市经济和信息化委员会、雅安市经济和信息化委员会、四川琪达实业集团有限公司承办的"创新·智造——琪达服装品牌研讨会"在德阳市太平洋酒店举行

◎ 琪达集团员工培训会现场

◎ 琪达集团生产线

◎ 琪达集团的智能传输衬衫生产系统

第五章 大爱无疆

勇担公益，反哺社会，是琪达在数十年间践行的全面发展理念的重要内涵。"5·12"汶川地震时的担当奉献，"4·20"芦山地震时的大爱援建，以及产业扶贫助力脱贫攻坚和乡村振兴，书就了企业经营发展之外的另一部时代华章。

在众多关键时刻的挺身而出，勇担公益，也影响着每一位琪达人，关心社会，关爱他人，做爱的给予者，也做爱的传递者，这成为琪达企业文化的重要内容。

乐善有恒，大爱无疆，伟大的事业源于爱，也源于崇高的使命担当！

第五章 大爱无疆

危难时刻

◎ 惊天动地，山河同悲

发源于清平大山深处的绵远河，一路汇聚山涧溪流，直到汉旺场镇出山口，才挣脱大山的紧紧束缚，成为一条浩浩荡荡的大河，不管时代风云如何变幻，绵远河始终汩汩流淌，不舍昼夜。

1965年底，按照国家"三线建设"布局，东方汽轮机厂落户汉旺镇。2000年后，东方汽轮机厂已成为能与美国西屋电气、日本三菱重工等跨国企业一较高下的大型国企。东汽的成功当然不是一蹴而就的。从建设之初吃山沟水、住古寺破庙、靠麻绳拉设备进厂房，到困难时期做菜刀、造大门、生产榨糖机，再到新时期的高歌猛进……永不服输的东汽人，硬是把一个荒凉之地建设成了美丽的"十里东汽"。

"一根麻绳闹革命"，在艰苦创业的东汽人身上，彭家琪看到了年轻时的自己。他敬佩东汽人厚重的企业文化与过硬的企业精神，更加珍惜琪达与东汽之间的合作缘分。

五月中旬的汉旺，正是初夏时节，天朗气清，惠风和畅。在场口顺着地势修建的艺术长廊上，三三两两的老人坐在那里休息。

2008年5月12日，汶川突发8.0级特大地震！一切是那样突然，让人猝不及防。

在地面两次剧烈震颤后，大山深处，一股强大的力量加速涌动，自绵竹北面山区向东南平原猛烈冲撞，将地面涌起一波又一波"巨浪"。

汶川，与绵竹的直线距离不过30公里，难怪绵竹的震感会如此强烈。据官方数据显示，地震造成绵竹死亡 11117 人，受伤 37209 人，失踪 251 人。全市因地震造成经济损失总量达到 1423 亿元。

相较而言，德阳市区除了强烈的震感之外，鲜有房屋因地震破坏而摧毁。地震发生时，在短暂的惊慌之后，彭家琪迅速镇定下来。作为琪达集团的主心骨，彭家琪意识到自己不能乱了阵脚。

通过互联网和广播、电视等媒体，彭家琪迅速了解了大地震所造成的灾难性后果。他突然想到：既然绵竹灾情如此严重，出现了大量的房屋倒塌和人员伤亡情况，那么对集团公司绵竹籍职工来说可能意味着巨大的灾难。如何安抚这些职工，让其安心工作，是当务之急！

彭家琪知道技术部部长莫勇明的老家在绵竹，彭家琪随即拨通了莫勇明的电话："勇明，你是绵竹人，赶紧放下手里的工作，回家去看看，有什么需要及时汇报。"

接到彭家琪关切的电话，莫勇明鼻子一酸，差点哭出声来。

莫勇明正在拼命拨打妻子的电话，可是往日一拨就通的电话，今天却仿佛将电波传进了黑洞里，一点儿反映也没有。彭家琪的慰问电让莫勇明如释重负，他马上开车就往绵竹跑。

地震摧毁了莫勇明的家，也夺去了老母亲的生命。擦干眼泪，按照彭家琪的吩咐，莫勇明将家人接到德阳，安置在琪达集团的宿舍里暂住，马上投入公司抗震救灾的统一行动中。

◎ 倾尽全力，大爱无疆

任何困难，都难不倒英雄的中国人民！

汶川大地震的灾情牵动着全国人民的心。天南地北纷纷伸出援助之手，帮助灾区人民重振信心，重建家园。在德阳市委和德阳市工商联的倡议下，琪达集团先后捐款18万元。此外，还捐赠羊绒被、服装、菜油等大量物资。为了给灾区捐赠羊绒被，生产总厂的女职工冒着余震的危险，在生产车间熬了一个通宵赶制出1300床羊绒被。由于一整夜没有合眼，她们一个个满脸倦容，眼睛熬得通红。

对于琪达集团这样的民营企业来说，80多万元的现金和物资不是一笔小数目，每一分钱都是琪达人在激烈的市场竞争中倾力挣来的。何况琪达集团彼时正在德阳经开区庐山南路建设新厂区配套设施，一切工作的推进都需要花钱。

抗震救灾的一项当务之急的任务是妥善安置受灾群众，让他们能够有饭吃、有衣穿、有热水喝、有地方睡觉。从5月12日地震发生后到次日下午3点，为了职工及职工家属的安全，东汽组织人员大转移。经过12个小时，转移老人、妇女、儿童和部分职工8000余人到德阳。

当得知德阳经开区管委会要组织辖区内企业救助并安置东汽灾民的消息后，彭家琪异常激动，他主动请缨并承诺："我们琪达集团一定会尽最大努力安置灾民，解决好他们的吃住问题。"随即，琪达成立了以董事长彭家琪任总指挥，张宇澍、胡富全、彭家成三位副总经理任副总指挥的抗震救灾指挥小组，成员是各部门员工及车间干部共173人，立即展开抗震救灾的各项工作。

从5月14日至6月11日，琪达集团接受东汽300多人在厂区免费吃住。东汽在琪达的安置点有两处，分别位于琪达的新旧厂区内。

由于旧厂区没有现成住处，公司抗震救灾指挥小组研究决定，将原来的材料仓库改造为临时住处。随即，胡富全带领公司营销中心全体工作人员行动起来，有的铲砖头、有的拖地毯、有的铺纸箱。他们想得很周到，为了让东汽同胞们吃好饭，还专门找来木板搭建成临时的餐桌。同时，拔出了木板上那些残存的钉子，避免人员划伤。临时住处不够，他们又为东汽人在草坪上搭建了临时帐篷。为了防潮，大家将百余斤的彩钢板一块一块地奋力拖到草坪上，拼成简易的地坪。在大家的共同努力下，东汽人的新家终于建成。

由于新厂区建设施工还未全面完成，还存在很多不便之处，如路面不平整、用于安置灾民的职工宿舍还未通电、通水，甚至连床都还没有安装……为了让东汽职工有宾至如归的感觉，公司抗震救灾指挥小组决定，就算问题再多也要全部解决。

于是，不平整的路面很快铺上了数千块竹胶板，方便大家出行。内务部把老厂所有的床搬来给东汽职工居住，但由于缺少棕垫，公司不惜成本，决定用几十元钱一个的西服纸箱代替棕垫。同时，在平房外铺设两个水管，搭建临时洗衣台，购买2台洗衣机，方便了东汽职工的生活。设备部不辞辛劳，用不到半天时间解决了电的问题。此外，琪达还为东汽职工提供热水、药品等。为防止病毒及疫情传播，内务部安排专人对其住处进行每天两次的消毒。由于新厂锅炉还未启用，琪达专门购置3台电热淋浴器，方便东汽职工冲凉。此外，还设置平安电话、广播站、在报刊阅览室安装电视、请理发师上门蹲点服务等，东汽职工感受到了琪达人无微不至的关怀。

那段日子，白天炎热得让人喘不过来气，而夜晚又常有暴雨。

东汽职工入住琪达安置点以后，彭家琪非常牵挂，马上赶去慰问。当他看到小孩子被蚊虫叮咬得满身起疙瘩时，心里十分难受，马上吩咐工作人员："给每个寝室发放蚊香、花露水等防蚊药品，并安装电风扇。"

◎ 鲜花与掌声

地震无情，人间有爱。

彭家琪要求周友梅与临时党支部、临时管委会的东汽职工建立紧密联系，随时解决他们生活上的困难。周友梅除了兼顾琪达自身的工作，每天还为东汽职工的衣食住行操心。抗震救灾小组副总指挥彭家成,在公司一直分管行政后勤工作,为了让被安置者东汽职工及家属在尽快调整心态、好好生活,他以厂为家,但家里80多岁的老母亲却无人照顾。车队职工张高森,自从东汽职工住进琪达,他每天早上5点多就和食堂人员一块去菜市场买菜并运回公司;张师傅家住旌阳区德新镇,地震使得家里房屋受损,但作为共产党员的他一直没有抽出时间回家看看。食堂职工刘加富,腿伤一直没有痊愈,但仍然坚持工作,没有一点怨言。

这一切,都被周友梅的儿子蒲星宇看在眼里。在题为《有一种爱在你心中》的文章里,蒲星宇写道:"我妈妈是一名琪达人。这几天,我看到妈妈一直在忙个不停:安置灾民、张贴标语、送赈灾物资、写稿子、打印通知……"在文章中,蒲星宇认为每个琪达人都是英雄,因为他们身上蕴含着一种朴实无华的大爱,这种爱让所有琪达人团结在一起,成为一个坚强有力的团队。

5月19日,琪达集团收到东汽职工及家属的一封热情洋溢的感谢信。对于琪达集团给予东汽职工无微不至的照顾和帮助深表谢意。信中写道:"最让我们感动的是那句醒目的标语:'我们与东汽同胞们在一起。'我们会努力地工作,努力做好一切该做的事情,重建美好的家园,来报答你们对我们的恩情。"

后来,东汽职工发现,他们住进了崭新的琪达公寓,而琪达员工却仍然住在露天临时搭建的简易工棚;琪达员工排着队等着东汽职工就餐后才进入食堂;自己餐盘里餐餐少不了鸡鸭鱼肉,而琪达职工的饭菜却明显简朴一些……诸如此类的细节,让东汽职工感动不已。他们不厌其烦地告诉每一位前来看望他们的领导,他们在琪达重新找到了家的温暖。

5月23日下午2时40分,省委常委、省委组织部部长柯尊平来到琪达集团受灾群众安置点视察。当柯尊平了解到受灾群众能就医、有饭吃、有住处、能洗澡、有电视看、有广播听后,称赞安置点的服务工作做得好。

2008年10月,董事长彭家琪获"四川统一战线抗震救灾先进个人"等荣誉。

琪达集团被德阳市人民政府授予"抗震救灾先进集体"称号。在颁奖大会上,德阳市市委书记方小方动情地讲道:"有钱容易,有思想、有境界不容易。琪达集团虽然赚钱不多,但在抗震救灾中比有些赚钱多的企业还积极。彭家琪这样有家国情怀的爱心企业家令人敬佩……"台下掌声雷动,经久不息。

第五章 大爱无疆

情系芦山

◎ 情系芦山

2013年4月20日北京时间8时02分，雅安市芦山县发生7.0级强烈地震，刹那间，山河破碎，地动房摇，道毁屋倾，伤亡惨重，昔日秀美的芦山瞬间满眼疮痍。

地震来临，董事长彭家琪正站在公司的4楼办公室里，虽然是星期六，他还是准备去厂里车间看看，今天部分工人还在加班。刚要出办公室的他感到一阵突如其来的晕眩，他马上意识到，地震！是地震，而且强度不低！

彭家琪从电视里看到，震中在雅安市的芦山县，震级7.0级。他立即召开会议，迫切地对班子成员说，考验我们的时刻到了，我们应该给芦山人民做点什么。

琪达人决定以强烈的责任感投入到救灾援建工作中去。

经开区组织企业援助芦山，彭家琪郑重表态：要钱出钱，要人给人，并立即让厂里用棉绒布料，连夜加班做了几百床防寒褥子，用中巴把褥子运到了芦山县救灾现场。

随着抗震救灾工作有序推进，芦山进入灾后重建。彭家琪率领胡富全总经理、彭家成副总经理、许志华董事长助理、莫勇明生产厂长、李进部长等人赶赴芦山。由于地震损坏了路面，道路坎坷难行，那时没有高速公路，早上7点从德阳出发，颠簸六七个小时，下午才到芦山。他们不顾疲劳，马不停蹄，各处查看。

当年，时任中共中央政治局常委、国家副主席的习近平，冒着余震深入灾区看望慰问受灾群众，并指示："不仅要应急援建，还要把企业引进到这里来，让灾区获得产业支撑，人民能富裕起来。"彭家琪说，我们琪达响应号召，去芦山援助，讲的是大爱无疆，要体现琪达企业的社会责任。四川省委、省政府也在发动社会各界，从产业方面开展援助，重建美丽新芦山。彭家琪说，输血只救得人一时，救不了长久，而造血功能可以保障健康机体正常运转。于是，琪达集团决定在芦山成立子公司——四川琪雅服装有限公司的想法萌生了。

彭家琪回德阳后马上召开领导班子会议，把自己要响应中央和省委、省政府号召，在芦山新建琪雅的想法，摆在桌面上。当时会场气氛有点严肃，沉默了几分钟，就有人提出不同意见，说抗震救灾是好事情，我们琪达责无旁贷。但该做的我们都做了，出钱出力我们也出了，但要去芦山建厂，那地方太偏远，交通也不便利，从人力、物力、材料等方面的后续支撑，说起来，都太难了。一人表态，几人应和，参会人员有一半人都反对到芦山建厂。

看见这么些人反对，彭家琪心里着急。他苦口婆心，讲事实，摆道理，说一方有难八方支援，芦山受了这么大的损失，我们怎么能不施以更大的援助？再说，在雅安灾后重建中布局建分厂，除了造福灾区人民，也是有利琪达集团拓展经营范围。立足长远，精心做好这件事，应该是"双赢"之举进。听了彭家琪董事长情深意重的话语，大家斟酌再三，统一了认识，决定援建芦山建立"琪雅服装有限公司"。

第二次，彭家琪带领胡富全总经理、彭家成副总经理、周友梅副总经理四人又到芦山考察。这一次是深度考察，在哪里建厂房合适，建多大的厂房，需要多少地皮，需要多少资金，一行人边走边看边想。几天之后，彭家琪董事长带领导班子主要成员，与芦山县正式签订了援建琪雅服装有限公司的合同，这是芦山灾后第一家签约的企业。

一系列工作紧锣密鼓开展起来。

2013年5月，副总经理彭家成作为芦山建厂总负责人，带了设备部长李进、内务部长周振泉、办公室干事张诘共4人去了芦山。彭家成个头不高，说话轻言细语，但具有敢立"军令状"，做得"武教头"的精神，他深知此次任务艰巨，他下定决心，要建好新厂。

此时的芦山，地震后停水又停电，到处是垮塌的房屋，乱石滩土堆堆，所有的基础设施都没有，在废墟上建厂，还要在短时间内建好厂，真不是件容易事情。

彭家成4人在芦阳镇街道上租了套房子住，每天轮流做饭吃。德阳总部来了人，就挤着住，人多了还在客厅里打地铺。条件艰苦，但大家工作热情很高。

2014年1月18日，琪雅服装厂作为芦山第一家援建企业正式开工，服装厂占地40亩，建筑面积3万平方米，项目投资超亿元。

2014年，刚过了春节，彭家成带着原班人马返回芦山。2月18日，他们在芦山电影院门口拉起大幅红色标语，在芦山广播电视台做广告，招工开始了。考虑到灾区群众的具体情况，招工条件放得比较宽。那几天的场面十分火爆，报名人员有上千人。精挑细选，有300来人首批入选，坐上了5辆大巴，送到德阳琪达总部参加技术培训。

厂房建四层，还没有封顶，生产线的设备已经运到了厂门口。没有路，设备连厂门都进不来，于是赶修一条水泥路。

设备运往厂房时，没法进吊装车，又连夜加班，把已安装好的窗户拆了，工人们人拉肩扛，从洞开的窗户把生产线设备运进一楼、二楼。是夜，天空飘着细雨，雨水和着汗水，"哟嚯，哟嚯"的号子打破了雨夜的寂静。

奋战6个月，2014年7月15日，琪雅服装厂正式投产，成为芦山灾区的第一道靓丽风景线。

◎ 浴火重生

芦山大地震那一刻，宝盛乡 27 岁的妇女李琼站在自家三层楼房门口，仿佛没有任何预兆，天空暗了，山坡塌了，三层楼房摇晃起来，2 岁的儿子喊了一声"妈妈！"一下子扑进了李琼的怀里。李琼抱紧儿子，跟跟跄跄跑下三楼，逃到空旷的院坝里。

大地稍微恢复平静，李琼想把儿子从怀里放到地上，自己进房间看看。吓坏了的儿子，怎么也不愿意离开妈妈的怀抱，身体不停地颤抖。婆婆来抱儿子，拔都拔不下来。这终身难忘的场景，8 年后仿佛还历历在目。那一刻，李琼深刻感悟：一家人平平安安健健康康快快乐乐在一起就是人生最大的幸福。

2015 年开春，李琼放弃了继续外出务工，决定就近就业，能够更好照顾家庭，赡养老人，教育儿子。那时，好几个厂都在芦山招工，开出了对农民工的优惠条件。最终，李琼选择了琪雅。琪雅公司的待遇更有优势：入职即为职工购买生育、医疗、工伤、失业、养老五险；节日福利发放、免费旅游、周末休假；全白班，包三餐饭菜，包住宿；带薪休病假年假。

李琼进入琪雅公司，到德阳培训，发现琪达公司文化氛围浓、生产设备现代化、生产环境整洁。

经过两个月的专业培训，李琼分配到整烫组，正式成为锁眼订扣工。虽然有过培训，但是自己毕竟是新手，又是专用机器，技术掌握不好，刚开始时，锁眼锁错左右，锁眼的刀片也常常被整烂。问题时常发生，自己压力大，给关联工序也造成麻烦。但是琪雅公司团队很包容，厂长房晓明和工段长、组长，对新人都很宽容。做错了，拆了重来就好，耐心地手把手进行辅导。生活上、心理上也对新员工关怀备至。她们的技术不断提升，差错失误也越来越少。

刚开始工作时，琪雅每月拿保底工资 1720 元。李琼当时不能够完成单独计件，只拿保底工资。大半年后，李琼可以单独计件了，琪雅的单独计件比琪达的计件工资多 5%，这是董事长彭家琪为了灾区人民作的特别规定，李琼心里充满了感恩。

2021 年夏天，琪雅服装有限公司组织员工欢乐游，去峨眉山、七里坪等地休闲度假。李琼跟着大家出门，第一次享受旅游的滋味，住进从来没有住过的漂亮宾馆。她们还组织文艺表演，李琼被推选做了节目主持人。淡淡妆描，李琼上台了，说普通话，容光焕发，眼角眉梢都是诗情画意。此时此刻，哪看得出来，这是地震中宝盛乡那个抱着儿子丧魂失魄的普通农村妇女？

工作 8 年时间，公司对李琼进行了多方面的培养。从单一的锁眼钉扣到整烫包装，甚至学会了机缝。不但技术技能得到提升，工资也有了大幅上涨，家里修了新房还买了轿车。2020 年，李琼被任为机缝组的质检员。2022 年，她又调任夹克组担任副工段长。成长的道路上，这位农村妇女的脚步坚实有力。

47 岁的付玉芸是芦山县龙门镇古城村人。是 2014 年 7 月第一批进入琪雅的老员工。她本人喜欢缝纫这个行业，年轻时就背着缝纫机直接到师傅家里学手艺。进琪雅厂后，感觉自己那点知识远远不够用，现在的标准、质量要求与过去都不一样。她入厂后主要操作工序是开袋、订袋、拼缝，后来因勤奋上进、积极主动、爱岗敬业，被公司培养成为一名副工段长。2017 年，因家里老人伤病，离厂回家守护。2018 年，二次入厂，被调到裤装组做质量检验工作，收入也从刚开始的 2000 多元，增长到现在的 4000—6000 元。在家门口有了固定的收入，不再漂泊外地打工。她的两个女儿也顺利考上了大学。2021 年年底，她被评为厂优秀员工，受到嘉奖。

出生于 1986 年的孔明霞，家住芦山县龙门乡红星村。地震后，她以前打工的厂房垮塌倒闭，只有在家里做点农活。2014 年，琪雅服装厂招工，孔明霞有缝纫基础就报了名，被录用后，孔明霞很快适应了公司对新进员工的各项要求。琪达领导决定让芦山本地员工来参与管理琪雅服装有限公司。领导找她谈话让她做车间现场管理，当时她很犹豫，担心自己不能胜任。在领导和师傅鼓励下，孔明霞很荣幸成为芦山琪雅厂培养的第一个本地工段长。她被再次送回德阳，接受管理培训两个月。

2020年10月，因工作需要，孔明霞从一名出色的车间管理人员转岗到综合办公室做统计工作。她说："我非常满意现在的工作，我的工资随公司的发展提高了，养老有了保障，家庭生活质量也提高了。"

2020年8月11日，芦山突发山洪泥石流，公司一楼瞬间被洪水淹没一米多深，一楼堆放的全是包装好准备发往客户手中的成品衣服，突发的洪水令人措手不及。在房晓明厂长的带领下，很多员工顾不上家里也遭了洪水，第一时间赶到厂里救灾。最感动的是许多员工到厂里的道路被洪水冲毁，依然选择绕道到厂里救灾；住在县城的男员工甚至带上自己老婆，女员工带上自己的老公，背上背筐将一楼的衣服背到三楼；背筐不够用，许多员工就用绳子将衣服系好，一捆一捆地将衣服搬到安全地带；体力比较弱的就帮忙拆箱拆胶带，甚至连杆双拐杖的残疾员工也加入了战斗，帮忙扫污泥，清污水。大家很累，很辛苦。

◎ 授人以渔

残疾人是一个特殊群体。董事长彭家琪说，对琪雅的残疾员工，要格外照顾。公司主动与雅安市、芦山县残联沟通，定向招收残疾员工。从2014年7月到2022年9月，琪达共培训残疾员工200余人次。2020年5月，雅安市人民政府残疾人工作委员会授予琪雅"雅安市残疾人就业工作先进单位"光荣称号。

在琪雅车间，有公司为残疾员工专设的"专岗"。针对残疾员工的不同特殊情况改良部分机器设备，让残肢员工可以在裁剪、缝纫、包装工序上方便作业。一位左手残疾、没有手掌手指的工人站在粘合机旁边熟练地操作，他只负责收集粘合好的2寸宽、1米长的布带，他动作熟练，用好的右手右胳膊支撑，残肢左胳膊一卷，一来一往，布带在他右手中就收集好了。另一位杵拐杖的残疾人把双拐放在案桌旁边，坐在案板桌子旁边做包装工序，操作也是如行云流水。

2022年9月，公司有残疾员工12名，其中肢体1级残疾1人、肢体2级残疾2人、肢体3级残疾6人、肢体4级残疾2人、听力3级1人。他们在生活上得到了特别照顾，食堂设立专用通道让他们优选打饭菜。传统节日，公司为残疾等级较高的员工双倍发放礼品。员工买社保，本来是公司出一部分，自己出一部分，而残疾员工这部分钱，公司就替他们出了。

39岁的王学彬，自幼患有脆骨症，身高才90多厘米。他生性好动性格开朗，可是常常还没有跑起来，就跌倒在地。

日子一天又一天，身体的残疾不能阻挡已长大成人的王学彬对美好生活的向往，他求父母和亲戚、帮他找事做，说自己不能做重活，但有两只健全的手和十根灵活的手指拇。2007年，他终于参加了政府支持开办的服装缝纫培训班。毕业后，师娘托关系推荐他到当地小服装厂上班，第一次靠自己的双手挣到了钱，心里那个高兴劲头无法形容！2008年，汶川地震后，小厂关闭了。以后，他架着双拐到处打工，生活十分艰难。

2014年8月，王学彬辞了外地的工作，返乡进了琪雅公司。琪雅做产品与以前自己做的产品完全不一样，质量要求高，而且设备也是见所未见。精湛的工艺不是一朝一夕练习出来的，他决心重新开始学习。

琪达的师傅来了，告诉他："要精雕细琢一针一线，倾注心血做好服装每一个细节。"师傅站在他的缝纫机旁边，弯腰低头，说这里进针，那里出线，拐弯，打圆，长短线，倒四平针……一点点教，他就一点点学。同事们不嫌弃，知道他腿脚不方便，帮忙把半成品拿过来，成品搬走。王学彬在温暖中融入琪雅这个新的大家庭。

以前，王学彬做羽绒服的时间多。现在，做工装，每一批订单所用布料都不同，款式要求更不同。同事一天上100多条裤腰，自己才上20来条，有的还不合格，质检员退回来，拆了打，打了拆。当时心里打起退堂鼓。虽然琪雅待遇好，人也好，但自己技术过不了关，再这样下去，待着就没有意思了；再过一个星期，如果没有转机，自己就不做了，走人。但他又心有不甘，师傅教了后，别人下班，自己坐车间里，找来废旧布料，一遍一遍练习；几个晚上的加班，下了功夫，流了汗水，还真有了进步。一个星期后，王学彬在工序上得心应手多了。

王学彬进厂时，带来一张木头小板凳，让他的脚够踩得到踏板。工段长和组长来看他使用缝纫机，帮他调整机器的高度。董事长彭家琪每次到厂里来，一定要问问王学彬工作怎么样？生活有困难不？身体好不好？有时还到他的缝纫机旁，说说话。王学彬倍加感受到温暖和亲切。

技术提高，人又勤劳，王学彬连续三年评为琪雅的优秀员工，受到奖励，捧到红彤彤的荣誉证书。月工资也从几百元上升至3000多元，最高拿到4000多元，与身体健全的职工的工资差不多。

在旅游联欢会上，员工们载歌载舞。王学彬上台了，他亮开歌喉，唱起《兄弟干杯》《中华民谣》。他激情高昂带点磁性的歌声里，隐含着世事的沧桑，流淌着性格里的倔强，洋溢着热爱生活的饱满情绪。残疾的人生也有高光时刻！

◎ 破茧成蝶

四五百平方米的地方，窗明几净，五六十张白色桌面蓝色条边的长条形饭桌，每张桌子前后摆6把黑色靠背蓝色凳面的椅子，桌上搁着香辣酱和"老干妈"；饭菜热气腾腾，有荤有素，有汤有汁，卫生营养。这是琪雅员工每天三餐免费就餐的食堂。

董事长彭家琪到琪雅来，总要去食堂看看，叮嘱后勤负责人：食堂的米要买好的，蔬菜要买新鲜的，员工的三顿饭一定要有营养，味道要好。

第五章 大爱无疆

琪雅服装有限公司开业以来，琪达集团总部坚持经常派中高层干部到芦山指导工作。每个月，周友梅副总经理、莫勇明总经理助理、质检部张玉琼部长、林秀清主任等都要到琪雅，帮助解决厂里出现的管理和技术难点、员工思想波动等问题，还安排技术老师现场培训，带出了一批芦山当地的管理人才与技术人员。

琪雅从投产初期只能接普通的工装订单，做夹克、工装裤，年产量9.7万件，产值427万元，到现在有夹克、工装裤、西裤、西裙、作训服、多功能服、棉马甲、商务防寒服等服装成品，年产量几十万件套，产值达几千万元。员工月工资从最初的平均2000元到现在平均4000元，很多能力强的员工月收入在5000元以上。琪达集团安排出足额订单，保证琪雅生产无间断，促进灾区员工生产技能迅速成熟。现在，琪雅已完全达到与琪达集团高级服装产品同质化水平，好些员工仅仅一年多时间就实现了从缝纫学徒到服装定制行家的华丽转身。

琪雅厂刚开始运行时，有些员工把厂里的工作当副业，家里的猪、鸡、麦子、苞谷当主业。想上班就上班，想不来就不来，请不请假根本不当回事情。今天要点麦子，明天要赶场卖鸡蛋，天上刮风、下大雨，理直气壮地不来上班。

许多员工从来没有进过工厂，四五十岁了只在老家方圆几里地打转转。他们只用过旱厕，上厕所不会用水冲洗，清洁工天天找厂长房晓明告状，说厕所太脏了，房厂长还要教员工按开关冲厕所。

几年时间，车间天天开短会，讲明道理，严肃纪律。一直到2018年，员工队伍相对稳定了。当地员工的观念终于有了明显的转变。

厂里出钱去旅游，早先没有人去，说："在家千日好，出门一时难。出去爬山过水的，让人担惊受怕。"工段长就说："好嘛，让你们不出一分钱见世面开眼界都不去，不去写请假条，出去要几天就写几天请假条，请假条的天数与工资挂钩，就没有全勤奖了。"这样才有员工出门去旅游。真的出了门，外面的世界又精彩又新鲜，看得人眼花缭乱，回家几天都还在看照片摆见闻，以后就盼着要出门了。

现在厂里的员工，节假逛街，穿漂亮衣服，背个坤包，纹了眉毛，扎起马尾辫，涂淡淡口红；买品牌化妆品，去美容院洗脸按摩，从头到脚都有改变，气质、面貌、精神焕然一新。

各级党政给予了琪雅高度关注和巨大支持。琪雅开工才3天，中共四川省委书记王东明就到厂视察；中共中央政治局委员、中央书记处书记、中央宣传部部长刘奇葆；常务副省长钟勉等领导先后多次视察琪雅。省领导还倡导省内有制式着装需求的单位，在同等条件下优先支持琪雅。使琪雅员工感受到党和国家的温暖，感受到社会主义制度的优越性，工作激情更加高昂。

◎ 胸怀乡梓

多年来，琪达公司在董事长彭家琪的带领下，大力弘扬企业家精神，发挥知名企业的带头作用，自觉履行社会责任，回馈社会，积极参与脱贫攻坚和乡村振兴战略。

2017年，公司就定点对贫困村及贫困人员进行精准帮扶，为社会提供就业岗位850余个。这些工人上班一年后，他们的家庭全部脱贫。

琪达公司认为：扶贫，不只是送衣物送钱财，更要扶志造血。

中江县悦来镇碧池村虽然山清水秀，却因偏僻而成为远近闻名的贫困村。碧池村是琪达公司定点帮扶对象之一。公司除了长期定向捐助碧池村贫困户，保障他们的衣食无忧，还和当地政府部门合作，定期向因病致贫、因残致贫的困难群众送去现金及粮油等生活物资。

2018年，琪达公司帮助村上办起了"琪碧服装厂"，与村上达成长期"输血"的合作意向：由琪碧服装厂负责招收具有相应劳动能力的贫困群众进厂务工，琪达为其提供生产管理人员、技术人员，为生产工人进行免费培训。琪达的产业扶贫方式极大助力了当地的脱贫攻坚事业。

"让所有贫困群众不仅要脱贫，还要一道迈入小康社会。"琪达公司默默奉献着自己的一份力量。2020年9月17日，琪达集团党支部联合中江县经科局机关党支部到中江县永兴镇金狮村开展扶贫工作，这个村也是琪达在脱贫攻坚中定点帮扶对象。这天，琪达党支部负责人与村镇干部详细交流，探讨巩固脱贫成果、乡村振兴的有效实施方法。这次活动中，琪达集团党支部为贫困村民捐助了生活日用品，并购买贫困村民养殖的家禽，为巩固脱贫攻坚略尽绵薄之力。

这些年，琪达公司凭借自身的优势，开展产业扶贫，为贫困村民提供了多个就业岗位，帮助有劳动能力的贫困户实现转移就业，为乡村脱贫和乡村振兴做出了应有的贡献。

2021年6月，四川省扶贫基金会授予琪达集团"社会扶贫奉献奖"。脱贫攻坚，乡村振兴，回馈社会，琪达一直在路上。

◎ 2008年6月，东汽抗震救灾指挥部给琪达公司送锦旗，对琪达在"5·12"汶川特大地震时给予东汽员工及家属的救助表示感谢

◎ 琪达集团产业援建芦山签约仪式

◎ 2013年4月20日,雅安市芦山县发生地震,琪达集团积极响应四川省委、省政府"建设美丽繁荣新芦山"的号召,倾力援建芦山地震灾区,成为首家签约入驻、首家建设工厂、首家建成投入运行的企业。图为四川琪雅服装有限公司工厂

© 2020年2月5日，琪达集团驰援抗疫志愿者奔赴一线医疗防护物资生产企业

第六章 初心与使命

琪达数十年来的发展中,逐渐形成独特的党建文化。作为一家民营企业,大胆创新的党建文化所迸发出的红色动能,为企业发展注入了强大精神力量,成为新时期琪达发展的新引擎。而经过时代检验和历练的琪达党组织,也在此间不断壮大,焕发出更加蓬勃的青春活力。

以党建引领所铸造的企业文化,深刻理解民族复兴的百年初心,坚定精神信仰,这是自我革命矢志不辍的勇气所在,也成为琪达锚定目标,书写新的时代篇章的不竭精神动力。

信仰的力量

◎ 崇高使命

从小受党的教育和共产主义思想的熏陶,彭家琪看到了中国共产党的政治优势、组织优势和群众工作优势,心中默默认定,中国共产党才是自己和企业的主心骨,国家和人民才是琪达的坚强后盾。

如何把公司的利益同国家、社会和人民的利益紧密结合起来,成为彭家琪经常思考的重要问题。

1999年初,在彭家琪的全力支持下,琪达开始着手筹备建立公司党组织,并按照中国共产党的组织原则,向上级党组织递交了报告,得到上级党组织的批准。

这年,仲冬时节,大地飞雪。12月8日,德阳凯江路东段的琪达园区内花团锦簇,一派喜气洋洋,经过简短而庄重的成立仪式后,中国共产党又一个基层党组织——中国共产党四川琪达实业有限责任公司支部委员会,正式成立。鲜艳的党旗在琪达迎风飘扬,她必将凝聚起全体琪达人的心,引领公司在社会主义改革开放征途上披荆斩棘,砥砺前行,为琪达良性健康发展保驾护航。

据现任支部书记彭选铭回忆,在德阳市民营企业中成立党组织,琪达可谓是先行者。由于当时的民营企业党员人数少,员工队伍不稳定,进出频繁,有些党员进入公司工作,却不愿意把组织关系转过来,所以在组织建设和支部活动方面难度大。加之民营企业为谋求自身的发展,员工劳动密集,任务重,压力大,支部开展"三会一课"、民主生活会和各类学习教育活动很难把人聚齐。

2002年，琪达实现了资产重组，党组织负责人的重担落在了彭选铭的肩上，他成为琪达党组织第二任支部书记，党组织随之更名为"中国共产党四川琪达实业集团有限公司支部委员会"。

彭选铭带头从学习党的理论知识、学习党和国家领导人的重要论述和著作开始，逐步提高自身的理论水平和领导才能。

白日里，他经常深入各部门，了解部门负责人、基层员工的思想动态和工作情况，确立发展对象，推心置腹与发展对象谈思想、谈人生、谈理想抱负，真诚关心他们的工作和生活。经过较长一段时间的考察培养，先后吸收发展了陈晓兰、周友梅、莫勇明、杨琼等人加入党组织，党员队伍不断扩大。

渐渐地，支部各项工作有了新起色。彭选铭便结合公司实际，建立健全了支部各项规章制度，落实"三会一课"、民主生活会等学习教育工作。

在支部学习教育工作中，他结合集团各部门的特点，创新学习教育模式，建立了琪达集团党建微信群，开办"琪达网课"，传达党的方针、政策。利用每周二、周五固定时间推送学习资料，把精心挑选的学习资料再精简压缩，让每一位党员都能轻松愉快地学习。

为培养琪达人爱党爱国爱人民和爱岗敬业精神，他在公司显著位置、电梯、走道里布置社会主义核心价值观、激励标语等，让党员和员工经常看到，通过长期的视觉陶冶，逐渐潜移默化，逐步提高党员和员工的思想境界，增强党性。

党建引领下，琪达人精神面貌焕然一新，企业凝聚力不断增强，生产经营质量显著提高，企业发展思想基石更加坚定。

一种精神就是一种力量，这种力量来源于一个有共同信仰的群体。正是这种精神力量，把琪达人的心紧密连接在一起，把爱党爱国爱人民落实在企业日常生产经营的每一个环节之中。

第六章 初心与使命

2020年初,疫情暴发。

为支援疫情防控,2月1日晚上,彭家琪董事长作出部署,迅速组织力量,做好生产口罩、防护服等防疫物资的准备工作。关键时刻,以党员为主力的技术骨干,组成党员先锋队,开始加班加点突击研发口罩和防护服样板,昼夜不停地设计、制版,很快出了样品,经检验合格后迅速投入生产。当时正值春节假期,一些在家避疫的工人知道这种情况后,深受感动,便自觉自愿加入防疫物资的突击生产中。

除了生产几千套防疫物资支援武汉和德阳防疫,支部同时组织党员先锋队支援广汉抗疫工作。在大灾大难面前,支部是最坚强的战斗堡垒,党员始终走在最前面。

技术研发中心设在琪达食堂的二楼上,这里英才荟萃,巾帼居多。党员杨琼便是其中一员,她任技研中心副主任,统领着30多名琪达的栋梁之才。在她的办公桌上,醒目地摆放着"党员示范岗"标志牌。

2022年中秋佳节,琪达集团接到重庆高级人民法院近万套西服的竞标任务,杨琼带领她的技研团队放弃了休假,火速赶到公司来加班,昼夜兼程做技术准备和验证,做版型和工艺设计。饿了,就近叫外卖,顿顿盒饭充饥。夜深了,她总要到各个设计室里走走看看,了解进度或遇到的困难,和大家一起解决难题,让部门的每一位员工认识到自己不是单兵作战,他们的背后有党组织可以依靠,有部门可以依靠,有团队和领导可以依靠。

熬了整整10天,终于做出了样衣,他们的辛勤努力确保了公司按时参加竞标。

多年来,杨琼个人获得过德阳市技术能手、杰出技能人才、三八红旗手等荣誉。她所带领的技研中心先后获得全国工人先锋号、四川工人先锋号、德阳经开区"两新"组织优秀共产党员荣誉称号。

转眼间,琪达集团党组织已经走过了将近25个风雨春秋。二十五载栉风沐雨炼忠诚,二十五载砥砺奋进写华章。

25年来,中共四川琪达集团支部委员会先后被德阳市委组织部、德阳经济技术开发区工作委员会授予"先进基层党组织"称号。多次被中共德阳经济技术开发区工作委员会授予"先进党支部"称号。

这些荣誉，激励着琪达人奋发向上，勇攀高峰，从胜利走向新的胜利。

◎ 砥砺奋进，争创五星

2022年4月9日，彭家琪董事长在琪达集团月度例会上建议公司党支部争创"五星"级党组织。

从"三星"级党组织到"五星"级党组织，是一次巨大跨越。

事实上，早在2019年11月，支部就已经按期换届选举，由原来的3名委员扩大到5名委员。支部书记和组织委员都进入了集团决策委，党组织领导力量进一步增强。支部有21名党员，其中14名在册党员均为生产经营骨干和管理人员，7名在职不在册党员中有一名是中层管理干部、3名管理人员和3名一线优秀员工。最近又有9名一线员工向党组织递交了入党申请，经过党组织考察后，确定了6名入党积极分子，并为每一名入党积极分子配备了两名培养联系人，让他们在老党员的帮助下快速成长。领导力量的充实和党员队伍的壮大，为创建"五星"级党组织奠定了坚实的基础。

在创建工作中，支部5名委员实行责任分工，深入一线，包部门开展党建工作，帮助部门改进管理和经营方式，产生了良好的正面效应。

彭选铭认为，无论创建成功与否，都是对党组织的一次磨砺，要创建"五星"级党组织，首先要激发琪达人爱党爱国热情，为集团凝心聚力，把精力集中到生产和公司发展上来。为此，他决定通过一系列丰富多彩的党建活动，来搭建创"五星"平台。

2022年是公司"效率年",党支部联合工会、人资和总经办共同举办了"我与琪达效率年"征文比赛。集团上下全员参与,一线员工纷纷投稿,收到优秀征文百余篇。在演讲比赛中,员工们激情满怀,尽情展示琪达人的风采,用心声表达琪达人砥砺奋进的豪情壮志。

2022年3至4月,支部与生产总厂紧密合作,组织开展了技能大赛,通过"比赶超"快速提高员工的技术水平,增强团队精神,提高集团凝聚力。支部还督促企业与员工全面签订劳动合同,建立了和谐的劳资关系。

2022年6月18日,彭选铭作了题为"敢教日月换新天"的专题党课,集团全体党员及生产、经营管理骨干共150余人聆听了党课。他以问答的方式,把党史、改革开放史和习近平新时代中国特色社会主义思想融入其中,现场气氛非常活跃,使在场党员干部和员工深受教育。

数年来,支部通过党建工作,打造出具有琪达公司特有的党组织建设文化,熏陶了每一位员工,逐步养成了员工工作的"四性",即主动性、针对性、前瞻性和科学性。

彭选铭说,彭董事长总是对支部工作给予大力支持,党建经费超过上级组织部门要求补助标准的50%,保障了党组织学习教育工作和各类活动的正常开展。同时,按照党建标准,规范了阵地建设,做到"有场地、有设施、有标志、有党旗、有制度、有书报",党员活动中心和远程教育场地和设施完备,党员示范岗标志醒目。

近几年,琪达集团党组织影响力进一步增强,党组织每年至少有一条意见或建议被公司高层采纳。党建工作多次受到省级以上媒体报道,得到市级领导肯定。为回馈社会,感恩家乡,党组织和党员经常主动参与社会公益事业,与沱江社区搭建了"共建共治共享"平台,并为家乡中江县修路修桥捐款数十万元,产生了良好的社会效应。

在公司强有力的支持下,经过党支部全体党员的不懈努力,2022年岁末,琪达党支部终于成功创建为"五星"党组织。当市委"两新"工委领导把金灿灿的荣誉牌匾颁发给公司党支部时,全公司党员干部无不欢欣鼓舞,热血沸腾!

文化的传承

◎ 琪达因我而强大，我因琪达而富有

著名《财富》杂志有文指出："没有强大的企业文化，没有卓越的企业价值观、企业精神和企业哲学信仰，再高明的企业经营也无法成功。"

彭家琪很早就意识到，琪达集团要持续健康发展，必须加强自身的企业文化建设，使企业文化升华为企业的内在灵魂。

商海茫茫，经营有道。

几十年的企业经营管理中，彭家琪殚精竭智，提炼出"琪达因我而强大，我因琪达而富有"的琪达精神。这种精神蕴藏着强大的能量，鼓舞着无数琪达人踔厉奋进。

1996年，大学毕业不久的李忠跟朋友一起做工程材料经销，偶然听朋友讲起彭家琪创办琪达，从7台缝纫机发展到一个公司的故事，便对琪达产生了浓厚兴趣。后听说琪达在招人，就抱着试一试的心态到琪达应聘，没料到，真的被琪达聘用了。

刚进厂时，李忠是一名仓库实习工，每天忙碌着分货装货。凭着对本职工作的热爱和吃苦耐劳的精神，把工作干得非常出色，后来因为善于交流沟通，被公司调到刚成立不久的团单直销部。

那时，由于团体服装订制才刚刚兴起，团单直销做得非常艰辛，收入低，没有奖金，比不上做零售的。

面对这些困境，李忠曾经想过离开琪达，沮丧之际，他遇到了自己的红颜知己，

正是这位红颜知己劝说李忠留了下来，不仅缔结了自己的姻缘，也成全了他与琪达难舍难分的缘分。

伴随市场消费格局的变化，彭家琪等琪达高层意识到团体服装订制是今后公司发展的主攻方向，于是更加注重团体服装订制业务，逐渐淡化了零售模式，并提出了"三二一"战略目标。

此时的李忠已成为琪达集团产品推荐二部的经理，他的爱人任产品推荐一部的执行经理，夫妻二人肩并肩在商海中打拼，他们的命运与琪达血脉相连，生死与共。

李忠说："既然我选择了琪达，就是琪达的一分子，就要把琪达的事当成我自己的事来做，通过我的努力，让琪达更强大，只有琪达强大了，我们琪达人才会过上幸福的日子"。

为了向董事长提出的"三二一"战略目标奋斗，李忠和他的部门更加努力了，现在他们年团单直销额已经突破亿元，李忠个人一年就要做七八千万的订单，公司效益一年比一年好，他们两口子的收入也越来越高。

李忠说："想起2004年买第一套房时，还东拉西凑，到处借钱买房，经常为生活拮据发愁。现在买了房，换了车，日子越过越好，这些都得益于公司的壮大强盛。"

在琪达集团，20年以上工龄的员工就有50余人，像李忠夫妇一样的双职工还有很多。他们爱岗敬业、拼搏进取、爱厂如家，在"琪达因我而强大，我因琪达而富有"的企业精神基础上结成了事业共同体，他们都有一个共同认知——只有我努力拼搏、开拓创新，让琪达强大起来，我才能富有起来。

琪达人不仅追求物质上的富有，也有蓬勃向上的精神文化追求。

现代企业的竞争归根到底是人才的竞争，是员工素质的竞争，这其中就包含了文化素质。琪达集团高层对此有清醒认识，把自身定位为"学习的企业、诚信的企业、有文化的企业、崇尚科技的企业、不断进取的企业"。

为了在企业战略转型过程中提高科学决策能力和现代管理水平，彭家琪便自费进入大学学习管理。他每次学习、考察回来，总是把学到的、看到的分享给大家，带动大家不断学习，增强团队的进取意识。在他的言传身教下，自觉学习，提升素质，成为公司员工一种风尚。

制作招投标文件，是一项涉及诸多专业知识的特殊技能，公司要求所有业务人员必须学会标书制作。业务人员们咬牙坚持业余学习，刻苦钻研，硬是全体学习达标。

2010年8月，公司正式申办德阳市琪达服装职业培训学校。学校采取教学与实践相结合的办学方针，培养出服装设计、缝纫制作技术工数千人，为德阳、为社会培养了一大批服装技术人才。

◎ 钢铁意志，慈母心肠

一个人的魅力外现于表，内化于心，而慈母般的心灵是最有温度的人格魅力。

2009年9月的一天，李忠因母亲生病，便请了两天假照顾母亲。董事长给他打电话："这两天咋个没看到你喃？"他说母亲生病了，在屋头照顾母亲。当天，彭家琪就买起礼品到李忠家看望他的母亲，还给老人奉送了一个红包。母亲感动得哭了，拉着李忠的手说道："你们彭董人真好！你要好好为公司做事哦。"

这件事让李忠铭记至今，在别人眼里，他是琪达的一个打工仔；可在董事长眼里，早已把员工们当成患难与共的兄弟。是董事长有一颗慈母般的心肠，他善良的为人、宽厚的胸怀和人格魅力，让大家心甘情愿倾力为琪达奉献全部力量。

2015年，李林舒副总经理患肝病，转入华西医院准备做换肝手术。由于前期的治疗已经花光了家里所有积蓄，正当家人焦急万分时，彭家琪董事长带领公司高层到医院看望他，并组织20多名员工去医院为李副总献血。当彭董得知手术费还没有着落时，他毫不犹豫从自己的银行卡里转了40万元给李副总做治疗费。看见患难与共的战友躺在病床上,正面对生死诀别,彭家琪心如刀绞,他和公司高层在医院整整守护了两天两夜。

病魔无情,最终夺走了李副总的生命。彭家琪为痛失一员爱将而悲痛欲绝。

之后每逢佳节,他总不忘去看望李副总的家眷,这种慈善的胸怀,让琪达人感动不已。

2022年8月中旬,德阳气温创历史新高,为确保德阳民生和基础用电需求,琪达集团响应政府号召,停工停产,放假10天。

然而,客户不会因为德阳限电而推迟交接货日期,一些投标任务也迫在眉睫。

在琪达技研中心,部门所有员工正加班加点设计,研制服装版型,做样衣。由于高温限电空调设备不能运行,她们冒着40℃的高温奋战在自己的岗位上,衣服汗湿又穿干,穿干又汗湿。

彭家琪董事长知道了,立马把技研中心全体员工的工作地转移到制冷条件稍微好点的生产车间二楼办公室。

在琪达,领导无微不至的关心爱护员工的事例太多太多。每逢员工生病、家里发生灾祸,公司领导总会问寒问暖、组织捐款捐物。疫情期间生产的口罩,董事长说必须保障琪达的员工和他们的家人够用。工作上遇到困难了,大家互相帮助,团结协作。集团每年补贴几百万为员工改善伙食。在琪达,用慈母般的心肠对待员工,已经形成了一种温暖的企业文化。

2017年7月,共产党员司炉工余联辉做开颅手术,术后出院在家休息,大家都认为他再也无法回公司上班了。按照公司惯例,生产设备设施检修应该在工人们休假期间进行。10月3日,正值国庆放假,余联辉出人意料地回公司检修设备。彭家琪董事长看见他刚刚出院不久就来上班,很关切地对他说:"小余,你刚刚出院不久,还是要在家好好休息,等病彻底养好了,再回来上班麻!"余联辉很内疚地说:"不好意思,董事长,我生病耽搁了这么久,公司还照常给我发工资,还派人来看望我，部门主管和同事经常打电话关心我，我心里非常感激。公司生产设备都好久没有检修了，正好国庆放假，需要对所有设备检修一遍，不然会出问题的。如果我不来，公司还得另外找人，这大过节的，特殊工种的人也不好找。"

一席话，让彭家琪心里暖烘烘的，他为自己公司有这样爱岗敬业、不离不弃的员工而自豪。

2020年初，疫情来袭。这一年，琪达集团的生产经营和销售受到严重影响，企业收益明显受损，直接影响到每一位琪达人的收入。如果疫情持续不断，很有可能面临裁员的风险。在公司月度例会上，彭家琪董事长说："吃水不能忘了挖井人，琪达能够走到今天，离不开全体员工的同舟共济、荣辱与共，我们琪达人一个都不能少。"

在琪达集团经营发展进程中，逐步从家族管理模式转向现代企业管理模式，企业形成了民主决策、科学管理的现代化民营企业管理体制。生产经营中始终坚持"以制度管人"的方针，任用德才兼备的员工。通过公司组织架构、战略愿景管理、岗位职责、薪酬设计、绩效管理、招聘和培训、员工职业生涯规划等七大系统来构建公司的管理体系，建立了适应公司现状的一体化管理制度。

管理制度的强化落实必须具有强硬的执行力，一个企业才能保障令行禁止，长盛不衰。

曾经，面对个别员工上班迟到、早退、旷工、怠工等现象，琪达管理层头痛不已。处罚，会得罪人；不处罚，任其发展，会严重影响公司形象，制约公司发展。彭家琪斩钉截铁地说："我们管理者必须要有钢铁般的意志来强化管理，对那些经常违规违纪的员工要严格按制度执行，该怎么处罚就怎么处罚，要坚持铁面无私的管理原则。"

2022年，员工李某、王某连续3天不上班，公司打电话也置之不理。按照公司制度规定，人资部出具了旷工离职报告，将李某、王某除名，并在全集团通报。

同年9月，员工黄某、李某无故迟到2次。按照公司相关规章制度，分别扣除黄某、李某相应工资。后部门主管找二人谈话，向他们说明了公司的规章制度，二人口服心服。

2011年9月，某企业在琪达订做了一批裤子，在公司准备交货复检时，发现其中一条裤子一边的口袋边沿有一处没有缝线。公司立马追查原因，得知是当事主管和质管部部长疏忽漏检。为严明纪律，警示他人，集团发文对两名负责人通报批评，并分别对当事主管扣罚800元、质管部部长扣罚1000元的处罚。

"以钢铁般意志强化管理"，这句话，不仅是一句响亮的口号，更是全员形成共识的一种理念。它转化为执行力，促使公司这个大团队形成纪律严明的良好风气。

第六章 初心与使命

温暖的守候

◎ 默默的"第一夫人"

俗话说，每一个成功的男人背后，都有一个好女人。许志华，就是成功男人彭家琪后面的好女人。

要说做服装这门营生，许志华比彭家琪还早。高中毕业后，她就利用自家在中江桥亭街上的门面房做起了裁剪缝纫的个体生意。缘分就是这么巧。当时彭家琪住在他三婶家。他三婶家距离许志华家仅相隔一二十米，两家人买菜倒垃圾经常都能碰面。1983年，彭家琪租了许志华幺爸家的铺面开始了最初的创业。

按说卖灰面的见不得卖石灰的，怪就怪在，彭家琪把"飞燕服装厂"开在紧挨着自己的铺面来"抢生意"，许志华居然没有半点怨气。她自信乐观，觉得有对比，有竞争，更能促进自己的技艺提高。而彭家琪经过和许志华的接触了解，不仅没有生出同行是冤家的嫉妒心，反而被她豁然大气的性格所征服，尤其对她的心灵手巧倾慕不已："她的一裁一剪，都是那么与众不同。"

不久，彭家琪就拜托三婶去许家提亲，许志华的父母有些犹豫。原因很简单，许家在当地家庭条件明显比彭家琪家好一些。不过，许家二老很开明，悄悄问许志华的想法，许志华羞涩地说："那小伙子头脑灵活，实诚肯干，看起来不错。"

许志华喜欢，她父母也就没有意见了。1986年9月30日，彭家琪和许志华举行了婚礼。

有意思的是，彭家琪和许志华虽然是同行，但都自强自立，从确立恋爱关系，到结婚之初，他们照样各做各的生意，并未合在一起。直到生下大女儿彭夕桐后，许志华才应彭家琪的请求关了她的铺面，去"飞燕服装厂"做制版工作，拿的是和其他工人一样的计件工资。

　　彭家琪事业心强，又主管市场营销，经常在外跑业务，家里的大小事情自然就落在许志华肩上。繁重的工作和家务，每天累得她身体都像要散架。但看到彭家琪为工厂操心得吃不香、睡不安，她又心疼得把抱怨的话硬生生吞进肚里。

　　一天，在家做饭的婆婆没留神，刚刚一岁半的彭夕桐打翻了开水壶，滚烫的开水泼在腿上，疼得她哇哇大哭。婆婆吓坏了，抱起夕桐去医院。慌中出乱，婆婆脚下一滑，刚出门口就绊了一跤，摔成脑出血！

　　一时间，孩子和老人都住进了医院。彭家琪闻讯，匆匆赶到医院，作了一番安顿，说了几句安慰话，转身又带着厂里的产品出去推销了。那时候，工厂的订单渐渐多起来，制版任务非常重，许志华请不了假，再心急火燎，也只有工厂医院两头跑。

　　夕桐的烫伤，差不多一个月才基本治愈。而婆婆摔的那一跤，伤到头部，虽然及时送医，依然产生后遗症，大半年的时间都只能卧床不能自理。许志华一边工作，一边照顾婆婆，给她喂水喂饭，擦洗身体，端屎端尿……

　　"说实话，那段时间，我真的都要崩溃了，觉得彭家琪心太硬，只顾着厂里那个大家，不管自己的小家。"

　　回想起当年的往事，许志华的眼泪止不住地滚落。

　　眼泪花还挂在眼角，她突然又笑了："其实，他的心也柔软。由于他早出晚归，幼小的夕桐基本没和他一起玩过。后来，夕桐3岁了，有一天，我带她到厂里，夕桐见到他，跳起来喊爸爸。他也跟着跳起来，开心地喊着，那样的天伦之乐，彭家琪享受得太少了……

　　随着工厂的发展，许志华也升任负责供应采购的主管。有一次，她刚接到厂里的指派去上海参加服装博览会，小女儿彭婉月突然生病了。她抱着婉月去医院看急症，医生一番检查说婉月患了心肌炎，需要住院治疗。

那时，琪达正在大力打造精品品牌，对参加博览会这样的机会不能错过。许志华不放心把婉月丢在医院，便带着婉月一起出发，心想到了上海再去找大医院的专家复查。在博览会期间，她和晚到两天的彭家琪把婉月带去看医生，经过一番检查，发现是误诊，谢天谢地，吃药打针就行，不需要住院治疗。

琪达公司成立后，彭家琪更忙了，除了公司的工作，还去一些大学和商学院进修。"说老实话，那时候我也想去攻读一个 MBA 学位，毕竟我是高中生，且有上进心和求知欲。但公司的事多，我还要照顾家里，分不了身。无奈，我只有支持他，成全他。"

许志华的贤淑温柔，是因为明事理。她的善解人意，是因为有大格局。在琪达重组前的那段紧张时期，因为一些这样那样的原因，许志华从部门经理一下子被降到去做售后服务。她虽然觉得太委屈，但还是服从分配，任劳任怨。她说："那期间彭家琪被压力憋得快喘不过气，整个人一下子瘦了一圈，我得安慰他，鼓励他，支持他，不能给他添一丝一毫的乱。"

琪达重组后，有人觉得许志华太亏，作为董事长夫人，作为琪达的股东之一，并且为琪达的发展付出过很多努力，做出过很多成绩，至少都应该争一个副总经理的位置。毕竟，这关乎名誉和地位。

这样的话，很戳心窝子。但许志华最终还是识大体，顾大局，直到现在，也只是做部门经理。

"其实，只要是为琪达做事，在什么样的岗位都是快乐的，充实的。"许志华笑了一下，"我高中毕业干个体的时候，立志要做大做强，做个商界女强人，但嫁给彭家琪后，我该做的事就变成了默默付出，默默支持，甚至默默忍受，只能无怨无悔地相信他，理解他，支持他。"

事实证明，一个好的贤内助，不但会助力男人事业，潜移默化中也会影响到下一代，对整个家族的兴盛发展起到积极的推动作用。如今，琪达已经发展壮大成服装行业著名企业，彭家琪和许志华的大女儿彭夕桐留学归来，开创了具有高级商务品质的"裁山"品牌，并已进入琪达核心领导层。小女儿彭婉月虽然没有入职琪达，但她在自己喜欢的职业领域中也已崭露头角。

"苦尽甘来，一切都变得美好起来。"许志华脸上绽开幸福的花朵，"如今，琪达稳步向前发展，彭家琪虽然照样很忙，但是他每年都会抽出一些时间带着我和孩子们出去游玩……"

◎ 是工作，也是信任与快乐

车间大楼外的厂区地面，干净整洁。沿围墙一溜的花圃内绿树成荫，生机盎然。边走边听周友梅副总经理聊天，说到董事长秘书张友萍那年进公司，周总回忆道："当时来应聘的人不少，虽然她是文秘专业出身，又有销售经历，但条件比她好能说会道的也不在少数，经过几轮面试，最终这女子把我们打动的是她说的一句话'我想努力工作，给我的孩子做一个好的榜样'。"

1986年出生的张友萍老家在南充农村，毕业于四川师范大学文秘专业，结婚后便定居在了德阳。进入琪达之前也在几个城市的不同单位工作过，均因各种主客观原因而没有找到归属感。时值女儿正上幼儿园，想着如能就近找工作多好。也是机缘巧合，有次她在从成都回德阳的高速路口上看到琪达的招聘，一种莫名的向往让她眼睛发亮，心想：要是能到琪达工作，该多么好！

2016年5月，张友萍如愿以偿进入公司，并任彭家琪董事长秘书。每天早早上班，她替董事长做行程安排，帮着对接联系各种社会关系，协助客户经理做相关工作，

第六章 初心与使命

等等。工作并不轻松，但每个笑靥每个步伐都写着她发自内心的欢喜与珍惜，还有隐隐潜藏的忐忑与怯场感。毕竟因为带孩子与社会脱节了几年，服装行业对她来讲也是一个全新的领域。还真是怕啥来啥，那次彭家琪上北京参加一个与江浙大厂竞标人民大会堂服装的重要活动，走得匆忙忘了一套重要服装，需要她赶快急件邮寄过去。小张叠好了那套衣服，也没有多想就去交给了快递。

叮的一声，手机有消息进来，小张一看，是董事长给她发的图片，仔细一瞅，她当时就傻眼了，头嗡嗡作响。衣服是到了董事长手里，不过竟皱成了一堆好像从盐缸里捞出的腌菜！这事搁哪个老板身上不跟你急？小张心里阵阵发毛如坠冰窟，她做好了被责骂被扣钱被调岗甚至下课的准备。

但她所预想的暴风骤雨并没来到。事后，董事长告诉她："服装是一种技艺，也是一种语言，世间的冷暖被我们一经一纬地织出来，它表达了一种情感，更代表着一种形象。一套衣服它不是简单的个人故事，我们是做服装的，必须关注服装的生命力，任何一个细节都要体现我们的专业，不负琪达这个品牌。不会没什么，多去请教懂的同事或领导，学就是了。比如这衣服寄快递的事，我们有专门的包装和流程……"看着小张紧张的垂手一旁，彭董顿了顿，像教导自己的孩子一样语气温和，"人的思维是线性的，可遇到的局面往往是复杂的，所以凡事做之前我们要看远一步，把思维展开，针对一些可能会出现的问题，作好相应的预案……"

小张认真聆听，红着眼睛频频点头。她工作的单位不少，却从没遇到过这样的老板，下属犯了错并没有疾言厉色的粗暴责罚，也没有装肚量的冷冰冰的伪善，而是把她当家人一样，愿意付出宝贵的时间与耐心去包容、去指导。

这件事给小张留下了深刻印象。在之后的工作中，她愈加真切地体会了董事长"以慈母般的心肠严父般的爱来对待员工"的管理理念。

是的，"从今往后没有什么困难是克服不了的"这个收获才是最大的财富，张友萍说，如果没有董事长和琪达的悉心培养，不会成就现在的自己。

毛冬霞，残疾人，有一头乌黑的马尾，1980年出生在德阳和新镇一个普通的农家小院。因小时候坐姿不正确，又未能引起家长和老师重视，导致脊柱侧弯。后来问题明显了，去看医生，因为已过最佳矫正年纪，且手术费用高昂，家里拿不出钱，也就暂时搁置了下来。导致一米五几的个变成了现在的一米四。

毛冬霞初中毕业后未能继续上学。看着孩子稚嫩端正的五官，和一个比同龄人矮半截的个子，父母深感愧疚。这孩子手不能抬、肩不能挑，将来可怎么办？夫妻俩一合计，孩子健康的身体已经被耽误了，可不能再忽视了孩子的未来，得趁早让女儿有一门谋生的手艺在身，将来能养活自己。

1996年，年仅16岁的毛冬霞正式接触裁缝，拜师学艺。老天给她关上了一扇门，却给她打开了另一扇窗。身体虽残疾，可毛冬霞心灵手巧，技艺长进很快。她喜欢脚下踏板哒哒哒的声音，感受着手、眼、心的合作，手推抚着像竖起来的方向盘一样的缝纫机机头，她就沉浸在了线条、布片的世界里。

每一个生命都有仰望星空的权利，为了有更好的发展。2003年，毛冬霞从乡下顺利应聘到德阳琪达衬衫制衣厂。后来因为结婚带孩子，在家待了几年，闲不住的冬霞在小孩刚刚可以勉强脱手时，于2008年7月就又回到了琪达公司。

唯一不同的是，琪达新址从凯江路搬迁到了庐山路，车间大楼也修得更大更漂亮了，生产流水线也更加现代化。毛冬霞就被分在小单组，最先从男西裤的一个裤袋工序入手。也许是因为从小就懂得生活的不易，冬霞舍得吃苦，好学好问，工作中敢于挑战工艺难度大的工序，让自己每天都能向墙上的"优秀员工十大标准"靠近一点。

如今，冬霞已是衬衫西服组的小组长，不但能独立利索地缝制完成一整件男西服，还能带领并帮助小组成员共同完成本生产线下达的产品缝制任务。

那次公司工会组织的职工活动赛场的领奖台上，毛冬霞手里捧着工会发给她的奖品，在她激动的心里，这不是实物，而是一种被认可的快乐。这些细细琐琐的愉悦，简单却又不简单,拿在手里贴在身上,却都是有斤有两有体感温度的幸福!这幸福来自于厂工会给予的关怀和一个大家庭的温暖。以前,她没有进过厂,可她第一次进了琪达公司后,感觉这就是她第二个家了,无论笑看花开花落,还是坐看云卷云舒,她都不想再离开再去别的地方了。

融入琪达让毛冬霞感恩和愉悦着。在外人眼中,流水线上的工作单调枯燥,但毛冬霞却在这日日千篇一律的车轱辘事务中,注入热爱与激情,注入对工友们的友好与关爱。这里,是一个能让布匹跳舞、让针线任意驰骋的世界,更是一个能载着她的生命希望高高飞翔的幸福之地。

◎ 感谢守护,一起圆梦

那天,一纸大红的感谢信来到了琪达集团琪雅分厂的房晓明厂长手里。

"尊敬的制衣厂领导及全体职工同志们:今年7月份,我女儿突患重病,住进了雅安市医院。生命危在旦夕,经院方全力抢救趋于好转。但高额的抢救费用使我的支付能力捉襟见肘,我几乎崩溃。就在这个节骨眼上,厂领导和全体职工同志,伸出了援手,雪中送炭,把我女儿从死神手中夺了回来。我表示万分感谢,你们的大恩大德将永远铭记在我的心里……程静的母亲罗洪美敬上。2019年12月6日。"

程静,40多岁,是芦山琪雅分厂机缝车间一组员工,"4·20"地震后房塌屋毁,家里本就困难,重新建房的贷款还没还清,人却突发脑出血倒在了家中。厂里知晓后立即发出捐款倡议书,工会带头和全体职工共捐得近8000元,由厂领导及时送去。

琪达集团内务部员工杨发贵,身体柔弱,却在工作岗位上勤勉敬业,工作12年以来深得同事领导的好评。不幸的是在一次病痛的检查中,发现身患癌症。随之而来的各种医疗及药物费用很快掏空了他的家庭储蓄,并债台高筑。2020年7月,琪达工会联合集团支部委员会发出捐款倡议，尽管疫情致大家的生活都不易，仍然为杨发贵捐赠48386元。

……像这样扶危济困的举措和故事只是琪达工会日常工作中很平常的一个部分。

工会的最大职能是维护职工的合法权益，组织职工参加教育培训，开展各类劳动技能竞赛、组织宣教工作等主题文化活动，以及扶助、慰问困难职工及其家属，实现劳资"双赢"和为职工争取更多福利。

董事长彭家琪深知：人，才是最宝贵的财富。公司重组时，他正是因为舍不得这群和他同甘共苦的伙伴们，宁愿冒着失去的风险也要选择与工厂、与大家在一起。他不想违背自己建立琪达的初衷，那就是：让员工住有所房、行有所车、病有所医、老有所养。为了这个朴素博大的愿景，公司在2000年10月成立了工会，一个真正情系你我他的"员工之家"，让"娘家"的感觉实实在在落到每个员工心里。

在领导的榜样引领下，2019年琪达员工自发为德阳市关心下一代活动"10元微爱在线"捐赠善款4776元。爱和温情是世界上抵达人心最近的路径，如加缪所言："这世上如果还有一样东西，人总是渴望，有时也能获得的话，那就是人与人之间的温情。"

在琪达工会，共情与温情并存不是一句口号。

那些惊喜连连、体面周到、独特用心的员工福利，360度覆盖了员工的生活。民以食为天，彭家琪每次下察，总是对员工的三餐情况再三强调要丰盛、要营养、要干净，物价飞涨但伙食费保持原样。他说："公司宁愿亏钱也不能亏员工。"夏季，车间空调全天候开放，各种解暑的汤和饮品，以及藿香正气水随时供应。冬天，专门为员工添置了热饭菜的天然气灶台等。

琪达女工占比80%以上，近年生养二胎的女职工也越来越多。公司女工委积极响应省市总工会号召，2016—2017年间，创立并完善了"妈咪宝贝屋"的建设。

这是员工宿舍一楼的房间，专为哺乳期、孕期及经期不适的女工而打造。25平方米的独立空间，挂着私密性强又透气的暖色窗帘，内设独立卫生间，配置有供2人以上同时使用的床、桌、椅子，还有婴儿床，相关电器和柜子等日用品一应俱全，还贴心摆放着4盆绿植，设置了意见簿，制作了生动的母婴知识及女工"四期"保护宣传画等，温馨舒适干净。

除了给困难或疾病员工"送温暖"，以特别慰问和各种补助，给孩子考上大学的困难家庭给予金秋助学的帮扶外，在法定节假日和年底，职工们总是会收到工会发放的过节费、丰富的礼物和年终奖。说到每年都要开展的旅游团建活动，不定时举办趣味游园，开展丰富多彩的文艺汇演。

公司不但致力于改善员工的经济情况，还不忘关注他们的发展和身心成长。琪达技术研发中心的马丽，曾经是个只会做流水线的车间工人，通过公司多年的技能培训和自己的努力，成功转身为一名能将整件衣服独立做好的技术研发中心的员工。

现年48岁的纪洪琼是芦山本地人，已入职琪雅七个年头，因患小儿麻痹症致身体残疾，长年务农，家里靠老公一人上班勉强养着俩孩子。在琪雅上班的亲戚回来跟她说残疾人也可以去的。刚开始，纪洪琼充满志忑怕学不会，经琪雅的师傅耐心教导，她拿到第一个月工资时，汪着泪花，像是在做梦——我也有能力挣钱了！我也能养家了！纪洪琼从来没想到自己会从一个没上过班的残疾农民变成一个企业工人，可以想买啥就买啥，可以每月给娃娃1000多元的生活费，可以给家里添置新家具。自信心的生长和在亲戚面前的骄傲感，让纪洪琼越干越高兴。

是啊，每年春节，公司想到的不仅是员工，还有背后支持的家人。琪达情系职工精细服务，常言道：金杯银杯不如老百姓的口碑，金奖银奖不如员工的夸奖。公司春节对家属的慰问，激起了一片动情的浪花。

吴世芳："感谢董事长百忙之中也能想到慰问我们的家属，书信和礼品我已带到，老话说得好要礼尚往来，没有什么回报您的，只有继续守好我们的一线，保质保量完成任务。请董事长放心，强大工厂有我们。"

刘小英："感谢公司发给家属的慰问品，很实用多样化，想得很周到，家里人收到礼物非常开心。"

杨文琼："新春佳节来临之际，感谢董事长和公司领导对我们家人的关爱，让我们倍感温暖，进入琪达我会作为终身事业而努力奋斗工作。"

…………

"琪达因我而强大，我因琪达而富有。"董事长彭家琪说，德阳琪达近40年的发展，是因为有全体员工的不离不弃、荣辱与共，在公司工龄达20年以上的有近50人。有的从单身少女到成家生孩子，有的是双职工，他们人生的每一个重要时刻都在琪达完成，也才铸就了琪达集团现在的辉煌：荣获"全国模范职工之家""全国五一劳动奖状""守合同重信用企业""中国职业装十大领衔品牌""芦山县2014年度先进企业""芦山县工人先锋号""四川省三八红旗集体""雅安市残疾人就业工作先进单位"……

彭家琪深知，"吃水不忘挖井人""员工就是家人"，只有员工有劲了，企业的生产力才会有强大的后劲。企业兴，则国更强。家业梦的振兴乃至中国梦的实现，才是落到企业、落到每个人头上的真正价值与福报。

劳动创造价值，劳动实现辉煌。朴实可敬的劳动者像星星般点亮琪达的发展之路，而琪达也为每一位奋进的劳动者去实现自身的价值，保驾护航，在时代的潮涌中一起逐梦未来！

◎ 2019年，琪达集团庆祝中华人民共和国成立70周年暨琪达集团成立35周年文艺汇演

◎ 2021年，琪达集团庆祝中国共产党成立100周年"重温入党仪式、铭记英模事迹，传承红色基因"活动

◎ 2022年1月24日，琪达集团与员工共迎新年，为家属送温暖

◎ 每年春节后复工，公司决策委成员均在公司大门口迎接返厂员工

继往开来

古老的服装行业，承载着一个民族的文化和历史，也折射出一个时代昂扬奋进的精神风貌。

三星堆出土的丝织品祭服残留物，表明3000多年前蜀地就有了纺织服装业，并为南丝绸之路提供了考古实证。而新疆出土的"五星出东方利中国"蜀地织锦护臂，证明汉代汉蜀地桑麻和制衣作坊在当时的发达状况。汉服、唐装更是中华服装文化传承发展的历史记忆和审美表达。

新中国成立后，在工业化道路的重工业优先及农业支援工业的国家战略背景下，服装产业旨在解决蔽体和御寒问题，"新三年旧三年，缝缝补补又三年"是穿衣的常态，"绿蓝黑灰"是服装主色调。改革开放后，服装产业成为中国社会最先告别短缺经济、最先由卖方市场转为买方市场的经济领域，在这个大潮澎湃的领域，一批有胆识、勇创新的企业家也在此间茁壮成长，形成了具有鲜明时代特征的企业群体。

在新中国服装行业里，在改革开放中诞生的琪达见证了中国改革开放的伟大历程，而琪达的历史也成为这一时代中民营企业发展的一幅生动剪影，成为波澜壮阔的中国民营企业发展画卷中靓丽的一笔。

古老的服装行业，承载着人类丰厚的文化历史，见证着一个时代前行的足迹，并在今天和未来深远影响人们的生活，而服装产业也必将随着中国社会经济的全面发展了迎来前所未有的繁盛时期。

大江东去，滔尽古今英雄。

变革时代催生创业者，也必将挑选成功者。

改革开放以来，服装行业蓬勃发展，创业者云集，众多企业如雨后春笋般生长，众多品牌争奇斗艳。但随着时代的发展和服装市场的逐步成熟，曾和琪达同台竞技的企业、曾经风光一时的众多品牌，已逐渐淡出人们的视野，终成为历史。而琪达，却在时代大潮的洗礼中不断成长，取得40年发展的光辉成就，一路驶向光明远大的未来，琪达何以能如此？回看琪这40年发展历程，我们将在琪达曲折生动的发展故事中找到答案，它必将引人深思，也必将给人启发——

艰苦创业始终是琪达精神的底色。不唯是创业初期，在一个个企业生死攸关的关键时刻，艰苦创业的精神所迸发出的强大精神力量，让琪达能够突破逆境，绝地新生！

技术的发展始终是琪达发展的动能。居安思危、居危思变，琪达在关键时期，大刀阔斧地实现三次技术重大升级，完成了从手工作坊、流水线生产、智能化生产的"三级跳"，依靠技术发展获得的强大动能，带动了企业走向更高、更远！

善于学习、主动变革，是琪达顺应时代发展、完善企业经营管理的法宝。不囿一域，不泥于古，每当企业发展的重要时刻，琪达创业者、领导人总能以开放的心态，主动走出去学习，又积极回过头实践。在这一过程中，不断理顺企业经营管理与生产力之间的关系，不断调整企业发展与时代大潮方向的频率与节拍。

为社会提供好的产品，服务好每位用户，是琪达人所理解的家国情怀。衣服与每个人的生活息息相关，关乎人们的生活质量和幸福感。40年来，琪达心无旁骛"认真做好一件衣服"、专注于一针一线的事业，不仅为社会需求提供了优质的产品，也推动了中国服装行业日益良好、蓬勃的发展。与时代同行，贡献社会发展的自豪感、使命感让琪达人更加团结昂扬，胸怀远大……

每个创业者，每个普通人，都会从琪达40年的发展故事中受到不同的感触，获得不同的启迪。我们为什么会受到感动，因为这里面包含了世间的大道，包括了一个时代的普遍真理，那是在不确定世界中亘古不变的确定性，那是关于勇敢与梦想、关于坚持与收获、关于追求与幸福的真谛。

追往抚今，眺望未来。

历史的车轮滚滚向前，时代的脚步铿锵迈进，"十四五"绘就的蓝图激励着中国人民，新时代发展的号角声催人奋进。新时代，也必将带来中国服装行业的大发展。

曾几何时，唐风宋韵，霓裳羽衣，风靡世界，影响着几个世纪的世界文化和经济发展，而今，东风西渐，中国风又再度登上世界各地的T型舞台，展现着中国经济和文化的魅力与自信。而随着中国经济的稳定前行，中国服装产业必将迈向更广大，更高维度的发展空间，必将呈现出星汉灿烂的盛大图景！

壮丽的未来，激励着中国服装人继往开来，舟楫四海，勇毅开拓。而只有经历过漫长征程、曲折探索者，只有善于从历史中学习和总结者，才能真正理解"继往开来"这个词的真正含义，才能真正在矢志不辍的逐梦中眺望更高、更远的未来。

四十载征程漫漫，四十载霓裳逐梦；四十载风雨兼程，四十载繁花似锦。琪达人在这里回望过去，今天又从这里再度出发！

40年的琪达风华正茂，将迎着新时代的发展东风，在新的发展征程上，书写新的中国故事、新的时代传奇！